レジェンドノベルス
LEGEND NOVELS

ダンジョン・スクール デスゲーム 1

contents

レジェンドノベルス
LEGEND NOVELS

ダンジョン・スクールデスゲーム　1

プロローグ　イジメられっ子とヒーローと、あの日にした約束と。

もう何年も前の話になる。
幼稚園、小学校と、俺はイジメを受けていた。
身体《からだ》も小さく、気も弱い。
そんな俺が、イジメの標的になるのは必然だったのだろう。
子供というのは正直で、それが恐ろしいくらいに残酷だ。
気に入らなければ殴ってくるし、悪口だって当然のように連呼される。
抵抗すれば面白がられ、暴力が過熱する。
辛《つら》くて悲しくて、たまらなかった。
助けて……と救いを求め、手を伸ばす。
でも、縋《すが》れる希望はない。
俺の手を取ってくれる人など誰もいない。
気付けば自分の世界が暗く黒く染まっていた。
そんな日々が続く中、
「や、やめなよ！」

突然、光が射《さ》し込《こ》んだ。

「は？　なんだよおまえ？」

「オンナはあっちいってろよ！」

「い、いかないもん！」

女の子だった。たった一人で、子供とはいえ数人の男の子に立ち向かっている。

怖くないわけがない。だって少女は震えていたのだから。

「おまえも、なぐられたいのかよ？」

「っ⁉」

女の子が殴られる。

俺を助けようとしてくれたせいで、この子が傷付くのはいやだった。

そんなの許せなかった――だから、もう消えかかっていた勇気を振り絞った。

「う、うあああああっ！」

「うあっ⁉　な、なんだこいつ！」

そしてこの日、俺は初めて人を殴るという経験をした。

でも――喧嘩《けんか》の結果は最悪で、俺はただボコボコにされて終わった。

「だ、だいじょうぶ？」

「……だいじょうぶじゃない」

泣きそうになるのを必死に堪《こら》える。

この子の前で、涙を見せたくなかったのだ。

「……つよいんだね。わたしをまもってくれてありがとう」

女の子が微笑《ほほえ》んで、手を差し伸べてくれた。

「っ……」

そのとき、必死に堪えていたはずの涙がボロボロと流れて止まらなくなってしまった。

「え？　だ、だいじょうぶ？　たたかれたとこ、いたいの？」

「ぐっ……うぐっ……」

本当はありがとうって伝えたかった。

でも、涙で声が出なかった。

このとき、俺がどれだけ救われたか。

手を差し伸べてくれたことが、どれだけ嬉《うれ》しかったか。

すぐにでも伝えたいのに、伝えられなかったんだ。

だからせめて——俺はこの出来事を一生覚えていよう。

生まれて初めて俺に手を差し伸べてくれた——たった一人の友達との出会いだったのだから。

＊

あの日から俺——宮真大翔《みやまやまと》と、彼女——九重勇希《ここのえゆうき》は友達になった。
「ヤマトちゃん、だいじょうぶ？　なにかあったら、すぐにわたしをよんでね」

口にしたことはなかったけど、俺にとってこの小さな女の子はヒーローだった。

俺が困ってるときには正義の味方のように必ず助けに来てくれる。

俺にないものをいっぱい持っていて、憧れのような存在で、勇希と一緒ならどんな困難にも立ち向かえた。

だけど――別れの時は突然やってきたんだ。

*

「……ぼくのうち、おひっこししないといけないんだって……」

親の離婚で俺は母方の実家に住むことになったのだ。

この土地や学校に思い入れなどなかった。

でも、勇希と会えなくなることだけは心の底から寂しかった。

「ぐすっ……ううう……」

このときはイジメられているわけでもないのに、泣いてしまった。

そんな俺に、

「ヤマトちゃん、なかないで。もしこまったことがあったら、いつでもわたしをよんで！　どこにいたって、すぐにかけつけるんだから！」

涙をいっぱい瞳にためながら、少女は言った。

泣きたいのを必死に堪えていた。

俺との別れを悲しんでくれていた。

ああ、そうか。ヒーローは泣かないわけじゃない。

辛いときや悲しいときだってある。

そんな【当たり前】のことに、俺はようやく気付いたんだ。

勇希にだって、守ってあげられる誰かが必要なんだって。

だから、俺の心の中にひとつの決意が芽生えていた。

「……ユウキちゃん、ごめん。ぼく、もうなかないよ。だいじょうぶだから」

「ぼく、つよくなる。いまはまもってもらってばかりだけど、いつかユウキちゃんをまもってあげられるくらいつよくなるから！」

少女は俺にとって、間違いなくヒーローだったけど。

守ってあげたい一人の女の子になっていたんだ。

そして、勇希は零《こぼ》れ落ちる涙を拭って微笑んでくれた。

「――ヤマトちゃん、ありがとう。じゃあ【やくそく】だね！」

「うん！」

俺たちはゆびきりを交わし誓い合った。

この日から、俺は泣くことはなくなり――ヒーローとお別れをしてから、数年の時が過ぎた。

第一章　始まり

人間形成とは環境に起因する。
一個人が個性を得て、どんな人間になるか。
そのすべてが、生まれ育った環境で決まると言える。
だから、俺が【人間嫌い】になった原因は環境にあったと言えるだろう。
人は自分の利益のために人を裏切る。
人は自分の利益のために人を傷つける。
これは俺が、見て、聞いて、体験して得た事実だ。
同時に俺は自分の欠点を理解した。
俺は心が弱い。
身体《からだ》は鍛えれば強くなる。
でも、心は鍛えることができない。
精神的に未熟だと言われるかもしれないが、俺は傷つきたくない。
傷つくのが怖いのだ。
そして同じくらい、誰かを傷つけるのも嫌いだ。

多分、臆病なのだろう。

だったらいっそ、誰とも関わらずに生きることが俺にとっての安穏。

結論――。

「引きこもりになりてぇ……」

理想ではあるけれど、だがそれは現実的ではない。

「いきなりどうしたの？」

「え？」

右隣にいた女子生徒が、なぜか俺に声を掛けてきた。

「入学初日から、登校拒否宣言は感心しないよ」

「ぁ……」

しまった。

思わず心の声が漏れてしまっていたようだ。

「悩みがあるなら相談に乗るよ？」

「いや、今のはただの冗談だよ。早起きして、学校に来るのって辛《つら》いだろ？」

適当な発言でごまかしておく。

真剣にこんな話をしたら社会不適合者もいいところだろう。

学校という場所において、弱みを見せることは実質的な死に繋《つな》がる。

死――それはイジメの標的になることだ。

入学早々、ヒエラルキーの最下層になどなったらたまらないからな。

少なくとも俺のいるこのクラスでは問題を起こさないようにしたい。

余計なレッテルを張られる前に、冗談ということで済ませておこう。

今度こそ俺はうまくやってみせる。

誰も傷つけず、誰にも傷つけられず、安穏に。

学校とは社会に適応するための訓練施設なのだから。

「毎日が日曜日なら楽なんだけどなぁ」

「まぁ、気持ちはわかるけど――って、まだ自己紹介もしてなかったよね。私は九重勇希《ここのえゆうき》。これから一年間、よろしくね」

勝手に自己紹介されてしまった。

いや、むしろこれは自然な流れなのか？

だとしたら、俺も返事をするのが無難――って、あれ？

ココノエ、ユウキ……？

「……どうかしたの？」

呆然《ぼうぜん》とする俺の顔を、九重が覗き込《のぞこ》む。

（……まさか？）

いや……でも、そんな偶然あるか？

改めて彼女の顔を見る。

……似ている、気がする。

もう十年近くも経《た》っているから、面影くらいだけど……九重勇希——彼女は俺にとって大切な恩人だ。

でも、だからこそ——ここで再会したくはなかった。

「……大丈夫？」

「あ、ああ……」

「よかったら、君の名前を教えてよ？」

名前……か。

バレるだろうか？

一瞬、不安に思ったが……。

「……宮真大翔《みやまやまと》だ」

「みやまやまと……？」

九重が俺を凝視する。

何かを探るように、俺の瞳を見つめた。

「あまりじっと見ないでほしいんだが……」

「……あ、ごめんね。ちょっと、昔のことを思い出しちゃって……」

もしかして、それは俺との約束を言っているのだろうか？

数年ぶりの再会。

でも俺の名字が変わっていることもあり、あのヤマトだとは思われていないようだ。

「ヤマトくんって、どういう漢字を書くの？」

質問が飛んできた。

こういうアクティブなところも変わっていないが、容姿は随分と女性らしくなっている。

美少女と言って差し支えないだろう。

（……まさか、勇希と同じクラスになってしまうなんて）

引っ越して以降、今日まで一度も顔を合わせていなかった。

再会できたことが嬉《うれ》しくない……と言えば嘘《うそ》だけど、今の自分を知られるのは怖い。

複雑な心境を抱えつつも……俺はノートの切れ端に自分の名前を書いてみせた。

「大きいに翔《かけ》るかぁ。いい名前だね！　それじゃあ大翔くん、これからよろしくね」

「……ああ、よろしく」

俺は勇希に満面の笑みを向けられ、思わず顔を背けた。

変わらない。

そんな彼女を見ていると、自分が恥ずかしくなる。

彼女を守りたいと誓ったはずの俺は……少しも成長できていない。

昔と違って、泣くことはなくなった。

でも、今も俺の心は弱いままだ。

それが引け目のようになって胸の中をかき乱す。

思いがけない再会に頭を悩ませていると、ガラガラと教室の扉が開いた。

教師がやってきたのだろうか？

「……え？」

違う。

教室に入ってきたのは、白い翼の生えたクマの着ぐるみだった。

（……なんだ……これ？）

目を擦る。

だが、現実は変わらない。

「はいは〜い！　ちゅうも〜く！」

クマの口が開いた。

着ぐるみではないのか？

様々な疑問が渦巻く中、

「みんな〜、まずは入学おめでとう。このクラスの担任になる春日美々《かすがびび》で〜す」

は？　担任？　クマが？

「あれれ〜？　驚いてる〜？　驚いちゃってる〜？」

ひたすらにテンションが高いクマがニヤッと微笑《ほほえ》む。

それはあまりにも不気味な光景だった。

「なんで驚いてるのかは知らないけどさ〜。これからみんなに、殺し合いをしてもらいます！」

「……え？」

思わず声が漏《も》れた。

このクマはマジでなんなんだ？

担任と口にしていたが……これが教育者であるはずがない。

だとしたら犯罪者？

俺は通報するために、ポケットからスマホを取り出す。

「おっと！　そこのキミ、ダメダメ」

その瞬間、

「……っ⁉」

手に持っていたはずのスマホが消えた。

まるで最初からなかったみたいに。

「この状況でも冷静に行動を選択したんだね。その判断は悪くないよ。キミは結構、いい感じだ」

なんだ？

なんなんだこいつは⁉

「じゃあ早速、始めようか。今回の【ゲーム】はワタシが勝ちたいんだ。だから【担任】として
――このクラスの皆には期待してるからね」

クマの着ぐるみが、また不気味に微笑む。

その直後――意識が暗くなっていった。

＊

「……や……く……」

ん？

「や……と……くん」

声……？

「大翔くん！」

「⁉」

「あ――やっと起きた⁉」

目を開くと、俺を心配そうに見つめる勇希がいた。

あれ？

なんで俺……こんなところで眠ってたんだ？

少し前の出来事を思い出す。

そう……確か、入学式が終わった後、教室にいて……。

「そうだ……担任――クマがいた、よな？　あのクマはどうしたんだ？」

「……わからない。でも、気付いたときにはもういなくなってたの」

「いなく……？」

周囲を見回す。

ここは確かに教室の中だ。

が、担任と名乗ったあのクマはいない。

それに……。

「窓の外が……」

「私が起きたときには、もうこうなってたんだ……」

快晴の青空が消え、暗闇に覆われていた。

この状況は夜ではない。

そんな中途半端な暗闇ではない。

窓に近付くが、外は闇一色。

何も見えない暗黒だった。

一体、何が起こっているのだろうか……？

ここは確かに教室。

だが、明らかに異常な世界がここにはあった。

「あ……そうだ。他のみんなも起こさないと……」

俺が状況を確認している間に、勇希は眠っている生徒に声を掛けていた。

徐々に生徒たちが目を覚ましていく。

「な、なんだか暗くない？　よ、夜になってる……？」

「え？　なんで？　ここ教室だよね……？」

「ね、ねえ、外の景色おかしくない⁉」

目覚めた生徒たちは、この状況に戸惑いの声を上げていく。

しかし、この状況を説明できるものは誰一人としていない。

「ねえ！　あの不審者は？　あいつはどうしたの⁉」

「そうだ……クマみたいのがいたよな？」

生徒たちが担任の姿を探すが、当然のようにどこにもいない。

「とりあえず、先生に報告したほうがいいんじゃない？」

「そ、そうだね。じゃあ僕が行ってくるよ」

見るからに爽やかでイケメンオーラを放った生徒が席を立つ。

自主的に動いてくれる奴《やつ》がいるのはありがたい。

何か情報が欲しいのは、この場にいる全員が同じだろう。

とりあえず俺は、しばらく様子を窺《うかが》って――。

「はいはーい！　注目～！　クラス内放送で～す！」

教室に備え付けられたスピーカーから声が聞こえた。

あのクマの声だ。

「みんな戸惑ってる～？　戸惑ってるよねぇ～？　そう思ったから、今から特別に説明してあげる！　何せワタシは１組の担任なのですから～！　これも義務ってやつですよね～」

教室内に騒ぎが広がる。

が、そんなことはお構いなく、スピーカーの声は止まらない。

「まずキミたちがしなければならないこと。このクラスの目標を話すね。キミたちには、ダンジョンを攻略してもらいます！」

「は？　ダンジョン？　こ、攻略？　なんだよそれ⁉」

皆の疑問を代弁するように一人の生徒が声を荒らげた。

「そうだよ～！　扉の先にはダンジョンが広がっています～！　モンスターもいっぱいいるから要注意！　油断してると、本当に死んじゃうからね～！」

モンスター？

しかも、死ぬ？

意味がわからない。理解が追いつかない。

「ちなみにダンジョンの数は１００層。各階層を【攻略したクラス】には、特別ポイントが支給されちゃいます～。攻略した順番によって得られるポイントは変わるからね！　特別ポイントでいろいろなことができるんだけど、今はその説明は省くね」

戸惑う生徒たちなどお構いなく、話はどんどん進んでいく。

「ここに来た時点で、キミたちには特別な力が芽生えていま～す。詳細はステータスを確認してみてね。ダンジョン内には装備とか、アイテムとかも落ちてるよ。このあたりもゲームと一緒！あ、でも気を付けて、死んだら生き返ることはできないから！」

不気味な声は止まることなく、説明は続く。

「それと、他のクラスに負けないようにね！　ビリのクラスにはペナルティがあるよ～！　ちなみに教室の中は安全。モンスターは入れないの。だから休憩するなら教室でね！　じゃあこれで説明終了！　みんな――ダンジョン攻略いってら～」

気楽な声が響いた直後、スピーカーはぷつりと途絶えた。

かと思いきや、

「あ、ごめんごめ～ん。ひとつ言い忘れてた。さっきワタシがスマホを壊しちゃった子がいたよね？　キミにはサービスしておくから！　それじゃあね～ん！」

今度こそ、クマ女の放送が終わった。

スマホを壊しちゃった子って……俺のことか？

サービスっていうのはなんだ？

「い、意味わかんねぇよ⁉」

「だ、ダンジョン攻略って、死ぬって、どういうこと⁉」

疑問が尽きないのは、他の生徒も同様だ。

クラス内は大騒ぎが起こっている。

担任《クマ》からの説明が終わっても、これが事実だと受け止めることは難しいだろう。

「……おいおい。ばかじゃねえの？　おまえら今の話マジで信じてんのかよ？　ダンジョンなんてありえねえだろうが」

「で、でも……」

「ビビッてんじゃねえよ」

髪を金髪に染めた柄の悪い男が立ち上がり扉に向かう。

「おら！　おまえらよく見ろ」

そして勢い良く扉を開いた。

「ほらな。ダンジョンなんて——ぇ⁉」

情けない声が漏れ、

「う、嘘だろ……？」

「な、なんだよ、なんなんだよこれえええええ⁉」

絶叫が室内に響いた。

扉の先には——物語に登場するような迷宮《ダンジョン》が広がっていたのだ。

（……どうして、こんなことになってる？）

ただ俺は平穏に学校生活を送るはずだった。

それが、なんでこんな……。

「意味わかんないよ！　ダンジョン攻略って、本当にモンスターと戦うの⁉」

「た、戦うって……私たちが？」

現実を突きつけられた生徒たちは混乱し騒ぎが大きくなる。

いまだに状況を理解できないが、俺は混乱する思考を抑えつけた。

ここが本当にダンジョンなら、担任の発言は生きるために必要な情報のはずだ。

頭の中を整理しながら、覚えている限りの話をまとめていく。

それと同時に。

「九重……確認してほしいんだが、スマホの電波って繋がってるか？」

「ぁ……すぐに確認してみる！」

勇希は慌ててスマホを取り出し画面を見た。

「……ダメ……電波がない。アプリも……起動しないみたい」

「……そうか」

救助を呼べればと思ったのだが、どうやら不可能のようだ。

考えながらもノートにメモを取っていく。

担任の発言で気になったのは、ステータスという言葉だ。

（……ゲームと同じだとかなんとか言ってたよな？）

意識した途端――

＊

○ステータス
名前：宮真　大翔　年齢：15歳
レベル：1
体力：38／38　魔力：28／28

攻撃：20　魔攻：20
守備：10　魔防：5
速さ：18

・魔法：炎の矢《ファイアアロー》
・オリジナルスキル：一匹狼《ロンリーウルフ》

＊

ステータスという言葉を思い浮かべただけで、頭の中に詳細が流れ込んできた。
そして、ステータス画面のようなものが視界に映る。
担任の言っていた特別な力というのは、これのことか？
俺は本当に魔法が使えるようになってるのか？
だとしたらモンスターがいるのも事実？
調べる必要はあるが……一人で教室の外に行くのは自殺行為だろう。
クラスメイト数人で行動したほうがいいかもしれない。
だが……こんな状況で冷静に行動を起こせる生徒はいないだろう。
彼らは今も阿鼻叫喚《あびきょうかん》していて、騒ぎが収まる気配はない。
「――みんな、落ち着こう！　気持ちはわかるけど、まずは状況を整理しないと！」

そんな中、生徒たちに呼びかけたのは、教師を呼びに行こうとしていた爽やかなイケメンだ。

冷静に生徒たちをまとめようとしているが……この状況でうまくいくだろうか？

「じょ、状況を整理って……」

「まずはスマホで助けを呼べないか確認してみよう」

「もう確認したけど、ダメだった。電波は届いてないみたい」

イケメンの言葉に、勇希が返事をした。

「救助は呼べない……か。もう少しいろいろと整理していこう。あ——名前だけは伝えておかないと不便だよね。僕は大弥《おおや》秀《しゅう》」

そして——この大弥を中心に状況の整理が始まった。

しかし、動揺していた生徒たちの中で、スピーカーの声を冷静に聞いていた者は少ない。

そのため、俺が紙に書きだしておいた情報すら伝わっていなかった。

情報がなくては行動を起こす生徒はいない。

（……仕方ない）

俺はクラスメイトに情報を提供することにした。

「……九重」

俺は小声で話し掛けた。

「ん、何かな？」

「これをみんなに伝えてやってくれ」

「え……？」

紙を手渡すと、内容を確認した勇希が目を丸くした。

「これって……」

「この状況を俺がわかる範囲でまとめた。担任が言っていたことも記述してある」

「だったら大翔くんが……」

「俺は人前に立って何か言うのが苦手なんだ。頼む……」

「……わかったよ。ありがとう、大翔くん！」

小声での会話を終えて。

「みんな、ちょっといいかな！」

そして勇希は、俺が紙にまとめた情報をクラスメイトたちに伝えた。

＊

1：スマホの電波は通じない。

このことから、俺たちは何かしらの要因で異世界に転移している可能性がある。

もしくはなんらかの実験的な施設？

2：ダンジョンの攻略は競争？

ダンジョンは全部で100層。

各階層を攻略したクラスという発言から、ダンジョン攻略に参加しているのは、このクラスだけではない可能性が高い。

3：ダンジョンにはモンスターがいる。
モンスターは人を襲う？
【特別な力】を使うことで倒せるらしい。
この世界では、何かしらの力が生徒たちに芽生えている。
ステータスを確認すると、その詳細がわかる。

4：特別ポイント。
各階層を攻略したクラスにはポイントが支給される。
攻略順に応じてポイントの増減あり。
用途はまだ不明。

5：ペナルティの存在。
ダンジョン攻略が最下位となったクラスには、なんらかのペナルティがあるらしい。

6：教室内は安全。

モンスターが入ってこられないらしい。

＊

現在判明している情報を共有した。

「えと……ごめん、君の名前は？」

「自己紹介が遅れちゃったね。私は九重勇希」

「ありがとう、九重さん。こんな状況だけど、君のおかげで少しだけ考えが整理できたよ」

「ぁ……その……」

勇希がちらっと俺を見たのがわかった。

事実を伝えるべきか、一瞬悩んだのだろう。

（……頼むから余計なことは言わないでくれよ）

そんな俺の思いを察したのか。

「……うん。みんなの役に立ったなら良かったよ」

勇希は人当たりのいい笑みを浮かべた。

こんな状況だというのに、男子生徒たちが勇希に見惚《みと》れている。

徐々にだが、大弥と勇希を中心にクラス内のヒエラルキーができつつあるのかもしれない。

「ごめんね……大翔くん」

「いや、助かった」

小声で謝罪されたが、むしろ感謝だ。

こんな状況でも、俺はできる限り他人と関わりたくはないのだから。

だが本当にダンジョンを攻略するなら、一人でできることは限られている。

他者と協力しなければ生き抜くことすら難しいかもしれないが、人は裏切る生き物だ。

こんな状況では、自分が助かるためになんだってする奴もいるかもしれない。

なら、どう行動するのが最善か。

「みんな……こんな状況でなんだけど、まずは自己紹介をしないか？　僕らはまだ、互いの名前も知らないだろ？」

クラスメイトが落ち着いてきたのを見計らって、大弥が口を開いた。

「何呑気《のんき》なこと言ってんだ！　そんなことしてる場合かっての！」

さっき扉を開いた三白眼の男が声を荒らげる。

その言葉には、呆《あき》れと焦りが混じっていた。

「今が異常な状態だってことはわかってる。でも、僕らを攫《さら》った首謀者は、ここが安全ポイントだと言っていたよね？　つまり、ここで僕らは話し合いも含めて様々な準備をする時間を与えられていると思うんだ」

「話し合い？　準備？　笑わせんなよ。こいつらを信用しろってのかおまえは？　もしかしたら、オレらを攫った犯人が紛れ込んでるかもしれねえだろ？」

大弥と三白眼は互いの意見をぶつけあう。

どちらの発言にも一理あるが、無謀な行動が命取りになるのは間違いない。

ここにいる全員――教室の外に広がる異常な光景を目にしているのだ。

「……オレは一人で行かせてもらうぜ。モンスターなんて出るかっての」

「待ってくれ。一人で行くのは危険だ」

「大弥くんの言うとおりだよ。もし本当にモンスターがいたら……」

勇希も三白眼のクラスメイトを引き止めようとしたが、

「うるせぇよ。オレは勝手に行かせてもらう」

二人の制止を振り切るようにして、男は扉の外に出ていってしまった。

「……お、追いかけないと……！」

「ダメだ、九重さん。君にまで危険が及ぶかもしれない」

先に動くメリットはある。

紙には敢《あ》えて記入しなかったが、ダンジョン内には装備やアイテムがあると言っていた。

もしそれが事実なら、道具の類いは有限と考えられるだろう。

それを先に手に入れれば、ダンジョンの攻略を有利に進められるようになるかもしれない。

だが、リスクを考えればせめて数名で行動すべきだ。

あの不良の行動はあまりにも軽率すぎる。

何があっても自業自得。

たとえ後味の悪い結果になろうと、割り切って考えるべき――。

「……でも、見捨てられないよ！」

俺が考えていると、偽善的な発言が聞こえた。

それは勇希の声だ。

「だ、だからってダンジョンの中に入るのかよ？」

「わ、わたしはいやだよ！」

誰か行け……と、周囲の目がそう訴える。

実際に行動を起こす者はない。

リスクが高すぎることはわかっている。

そんな中、

「九重さん！」

勇希が飛び出すように教室を出ていった。

（……あいつ⁉）

なんでこんなばかなことを⁉

焦燥感が心を揺らす。

だが……よく考えればこの行動は当然だ。

俺の知っている九重勇希が昔のままなら、見捨てられるわけがない。

彼女の行動はあまりにもお人好《ひとよ》し。

あまりにも考えなし。

危険を冒してまで他人を救おうとするなんて……普通ならありえない。
本当に、変わってない。
「――っ！」
「なっ!?　君、ちょっと待って――」
気付けば俺は、大弥の制止も聞かず教室を飛び出していた。
ばかな行動だ。
自分でもそう思う。
他人を見捨てることなんて簡単だ。
心は痛むかもしれない。
でもそれだけだ。
何も行動しないのが正しい。
それが賢い選択のはずだ。
そんなこと、わかってるはずなのに。
（……ああ――クソッ!!）
俺はあいつのことだけは――見捨てることなんてできない！
守るって約束したから、だから――。

＊

俺は勇希に追いつくために通路を全速力で走っていた。
ダンジョンの通路は土色の石壁になっていた。
松明《たいまつ》のような薄明かりが設置されている。
通路には苔《こけ》が生えていて、じめじめしていてカビ臭かった。
俺はその通路をまっすぐに進んでいた。
というか、このダンジョンの通路は一本道だったのだ。
迷うことがないのはありがたい。
これならすぐに、勇希にも追いつけ——
「うあああああああああああああっ!?」
男の悲鳴がダンジョンに響き渡った。
さっきの三白眼の声か?
まさかモンスターに襲われて……——だとすると、勇希も!?
距離は近い。
頼む——せめて勇希だけは……!
視界の先に広いフロアが見えた。
そこには、
「くそっ！　クソがっ！　こっちに来るんじゃねえ！」
どうやら、無事のようだが——フロアにいたのは勇希たちだけじゃない。

（……あれは――⁉）

鬼の顔と小柄な身体――ファンタジー世界ではゴブリンと呼ばれる魔物が五体、三白眼を囲むように迫っていた。

「――勇希‼」

「大翔くん⁉　どうして⁉」

「そんなことといいから、さっさと逃げるぞ‼」

今なら逃げ切れる。

運がいいことに、モンスターは三白眼に集中しているのだ。

「ダメだよ！」

「なっ――」

手を引く俺を、彼女は拒絶した。

「何言ってんだ！　この場にいたら、おまえまであのモンスターに！」

「彼を見捨てられないよ！　なんとかして、助けないと！」

助ける？　この状況でばかかこいつは⁉

「放っておけ！　今は自分が生き残ることだけを考えろ！」

「ダメ！　絶対に助ける！」

「助けるって、どうやって⁉」

「それは……わからないけど、でも助けないといけないの！」

戦う準備もしていなければ、手立てもない。

なのに勇希は、あの他人を助けるという。

無謀すぎる。

学生生活の中でなら人助けも結構だが、今は命が懸かってる。

この状況で、誰かを助けるなんて……その正義感は俺から見れば異常の一言だ。

「くそっ！　来るな、来るんじゃねぇえええええっ!?」

どうやら、悩んでいる時間はないらしい。

あいつが殺《や》られれば、次は俺たちだ。

無駄に時間が過ぎれば、このフロアに他のモンスターが集まってくる可能性だってある。

そうなれば——勇希を助けられる可能性はどんどん低くなる。

「——わかった。なら——まずはあいつを助ける」

「え……手伝って、くれるの？」

「助けたいんだろ？」

「——うん！」

即答だった。

このどうしようもない正義感こそ、九重勇希が九重勇希たる所以《ゆえん》なら、俺に選べる選択肢は一つだ。

彼女を助けるためにも迷っている暇はない。

「俺が魔物を引き付ける。その間に勇希はあいつを助けてくれ」

三白眼はモンスターに驚愕《きょうがく》して腰を抜かしていた。

「わかった。でも、引き付けるってどうやって」

「うまくいくかはわからないが——」

ステータスを確認したときに見た魔法を使うことができれば、活路が見出《みいだ》せるかもしれない。

でも、どうやったら使えるんだ？

意識した瞬間——膨大な知識が一気に頭の中に流れ込み、魔法という力の使い方を理解していた。

炎の矢《ファイアアロー》の消費魔力は3で、俺の保有する魔力は28。

問題なく放つことが可能だ。

「炎の矢《ファイアアロー》！」

無詠唱で放たれた赤い閃光《せんこう》は、火花を散らしながらゴブリンに迫り——直撃。

小鬼は胸を貫かれ、地面に倒れ伏した。

（……イケる!!）

炎の矢《ファイアアロー》はゴブリンを一撃で倒せるくらいの威力があるようだ。

武器もない状況でどうなるかと思ったが、なんとか切り抜けられるかもしれない。

「す、すごい!?　すごいよ、大翔くん！　今のって魔法!?」

「驚くのは後だ！」

ゴブリンたちの視線が、不良から俺に集まった。

「こっちだ雑魚《ざこ》ども！」

言葉が通じるかわからない。

だが、敢えて挑発する。

意味がわからずとも、態度で意思は伝わるかもしれない。

「ゴブ、ゴブゴブ！　グガアアア‼」

よし、成功だ。

フロアからは四方向に通路が分かれている。

勇希たちは教室の方向に逃がしたい。

なら――

「ゴブリンども、こっちに来い！」

俺は教室とは反対方向の通路に足を向けた。

一斉にゴブリンたちも動き出す。

「勇希！」

「――うん！　君、起きられる？」

「あ、ああ……す、すまねぇ」

腰を抜かした不良を、勇希が起こす。

「大翔くん！　彼は助けたよ。だから、一緒に――」

「俺はもう少し時間を稼ぐ！　先に行ってくれ」

「でも――」

「心配しなくていい。俺もすぐに戻るから。信じてくれ」

本当は、生きて戻れるかなんてわからない。

でも、こうでも言わなくちゃ勇希を納得させることなんてできないだろう。

「ゴブッ！」

モタモタしている間にも、モンスターの注意が勇希に向いた。

「おい、モンスター！　そっちじゃねえだろ！　――炎の矢《ファイアアロー》！」

俺は再び魔法を放ち、ゴブリンを威嚇する。

ゴブリンの注意が俺に戻った。

よし、これでいい。

今なら勇希を逃がせる！

「行けっ！」

「……必ずだよ！　信じるからね、大翔くん」

「ああ」

駆け出す勇希を確認して、俺は教室とは逆の通路を突き進んだ。

＊

途中、通路は何本にも枝分かれしていた。

だが通路が複雑であるならそれでいい。

その分、勇希からこいつらを引き離すことができる。

「はぁ……はぁ……」

「グガアアアア‼」

小柄なゴブリンたちの動きは、想像以上に速い。

（……こいつら、どんな体力してやがるんだ！）

無尽蔵のようで、ただ走っているだけではすぐに追いつかれてしまう。

「炎の矢《ファイアアロー》！」

「ゴブアアアアアアアア‼」

何度目かわからない魔法を放つ。

下手な鉄砲も数撃ちゃ当たると言うが、ゴブリンたちは高い身体能力と直感で炎の矢《ファイアアロー》を避ける。

「……デタラメすぎるだろ‼」

「グガアアアッツ‼」

ゴブリンが俺の服を摑《つか》み力の限りに引っ張ってきた。

「うおっ⁉」

俺は体勢を崩し、その場に倒れ込んでしまった。

「ゴブ、ゴブゴブッ‼」

ゴブリンが顔を歪ませ笑った。

命を摘み取ることが、楽しくて仕方ないと言っているみたいに。

そして、四体のゴブリンが一斉に俺に飛び掛かってきた。

逃げ場はない。

だが、

「それはおまえらも同じだよな」

俺は至近距離で炎の矢《ファイアアロー》を放った。

しかも一本だけではない。

「炎の矢《ファイアアロー》！　炎の矢《ファイアアロー》!!」

魔力の続く限り撃ち続ける。

「ゴッ――グゲエエエエエエ!?」

閃光がゴブリンに直撃すると同時に爆風が広がった。

ゴブリンたちは吹っ飛び、全身を通路の壁に打ち付けた。

そのまま崩れ落ちるゴブリンたち。

倒した……いや、気絶しているだけだろうか？

「――いっつっ～～～～～～」

一難は去ったが、俺自身も強烈な痛みに襲われる。

爆風の熱で、学生服とシャツは焦げ、肌が焼かれていた。

（……あの至近距離で魔法を使ったんだから、当然か）

念のため、止《とど》めに炎の矢《ファイアアロー》を放とうとしたが発動しない。

どうやら、魔力切れのようだ。

「でも、なんとかなった……」

なれない戦いで、死ななかっただけ上出来だ。

「……今のうちに……」

『あなたはレベル2になりました。各ステータスが向上しました』

「は？」

頭の中に声が響いた。

『あなたはマジックポイントを5点獲得しました。あなたはスキルポイントを5点獲得しました』

れ、レベルアップ？　しかもポイントを獲得って……。

「いや……考えるのは後だ。今は教室に戻らないと……」

まだ全身は痛むが、立ち上がれないわけじゃない。

「……よし」

後は教室に戻ればいい。

そう思いながら重い身体を動かしたが……。

「ぁ……」

しまった……途中まで道を戻り、分岐点に差し掛かったところでようやく気付いた。

俺はあの場から離れることに必死で、枝分かれする通路を適当に進んでいたのだ。
これでは教室に戻れない。
「はぁ……」
思わずため息が出てしまう。
体力はかなり消耗している。
もしこのままモンスターと遭遇すれば、逃げる力すら残っていない。
(……少しだけ休もう)
モンスターの声は聞こえない。
俺はその場に座ると、通路の石壁に背中を預けた。
「いっ……」
全身鞭打《むちう》ち状態なうえに火傷《やけど》も痛む。
(……勇希は助かったかな)
あのフロアから教室までなら、すぐに戻れたはず。
できれば無事を確認したいが……そのためにはまず、俺が生きて戻らなければ。
(……そういえば、さっきポイントがどうとか聞こえたよな?)
確認できるのだろうか?
考えた瞬間、頭の中にスキルツリーが浮かぶ。
その中には二つ――白く光ったものと、黒く染まったものに分かれていた。

どうやら、白く光っているほうは獲得可能な魔法やスキルらしい。

試しに白い画面に触れ——たわけではないが、触れるという意識をする。

『マジックポイントを5点消費して、魔法——雷撃《ライトニングボルト》を獲得しますか？』

声が響いた。

そして——YES　or　NOの画面が出ている。

俺は一旦、NOを選択した。

「……なるほどな」

レベルアップでポイントを獲得。そして、自らの持つ魔法やスキルを覚えられると。

何を選択するかはかなり重要になるだろう。

このダンジョンには本当にモンスターがいた。

戦いで死ぬことだってあるだろう。

慎重に行動しなければならない以上、生徒間で話し合い、役割を決めるべきだろう。

前衛、中衛、後衛、攻撃型、補助型、回復型——ダンジョンを攻略するのであれば、タイプを分けてパーティで行動するのが合理的だ。

得られる魔法やスキルは、個々人によって差があるのだろうか？

情報が少なすぎて疑問は尽きないが……。

「……悩んでいる暇も余裕もないわな」

まずこの場を切り抜けることを考えよう。

俺は獲得可能な魔法とスキルを確認していく。

＊

○獲得可能な魔法
・雷撃《ライトニングボルト》1
消費魔力5。
雷属性の魔法。
敵に小ダメージ。
光速の雷撃《ライトニングボルト》が対象を射貫く。
低確率で麻痺《まひ》を付与。

・治癒《エイド》1
消費魔力3。
対象者の体力を小回復。
軽度の状態異常も治癒することが可能。

・速度強化《ギア》1
消費魔力5。

対象者の速さ5％上昇。
ただし、効果は重複しない。

○獲得可能なスキル
・自己回復1
自動回復速度向上。
ただし回復できるのは軽度の傷のみ。

・気配遮断1
自らの気配を絶つ。
スキルレベルで効果向上。

・剣技能1
剣を装備時に効果を発揮。
装備者の剣術を向上させる。

・槍《やり》技能1
槍を装備時に効果を発揮。

装備者の槍術《そうじゅつ》を向上させる。

・斧《おの》技能1
斧を装備時に効果を発揮。
装備者の斧術《ふじゅつ》を向上させる。

・弓技能1
弓を装備時に効果を発揮。
装備者の弓術を向上させる。

・盾技能1
盾を装備時に効果を発揮。
装備者の防御力をより向上させる。

・格闘技能1
格闘技術を向上させる。
この効果は武器装備時にも発揮される。

・風属性抵抗1
風属性に対する抵抗力を向上させる。
・鑑定技能1
対象の鑑定が可能。

対象のステータスや効果の確認ができる。

対象が自分のレベル以上の場合は鑑定はできない。

＊

現状、俺が獲得できる魔法と技能はこんな感じだ。

その中で俺が重視すべきは何かと言えば、現状を『生き抜く』ために最も適したスキルだ。

そうなると、武器技能全般と盾技能はいらない。今は装備がないからな。

風属性抵抗も候補から消す。もっと使い勝手がいいスキルを選択すべきだろう。

残ったものから選択するとなると……。

（……まずは回復手段を持つべきだろうな）

治癒《エイド》は軽度の状態異常を治癒することができるらしい。

俺の状態を考えれば、今最も獲得すべき力だろう。

「後はスキルのほうだが……」

自己回復、気配遮断、鑑定技能……どれも便利そうだ。

しかし、今回は自己回復は選択肢から消す。

回復魔法の治癒《エイド》を獲得するからだ。

とはいえ、魔法は魔力を使う。自己回復スキルは魔力を使わないため、その点は大きい。

「って……待てよ」

俺は、ゴブリンとの戦闘で魔力を使い切ってしまった。

そうなると治癒《エイド》を獲得しても、魔法が使えないんじゃ……。

気になってステータスを確認してみた。

だが、魔力は3／38と表示されている。

(……あれ？　確かに魔力切れしたはずなのに……？)

戸惑いながら、ステータス画面を見ていると。

「あ……なるほど」

魔力が4に増えた——いや、回復したのだ。

よく見ると、ゆっくりではあるが体力も回復している。

自動回復……なのだろうか？　って、あれ!?　体力がまた減った!?

なぜかと思ったが……おそらく、火傷のせいか？

「だとすると、早く治癒《エイド》で治したほうがいいな」

俺はスキルツリーを表示。

治癒《エイド》を選択した。
『マジックポイントを5点消費して、魔法――治癒《エイド》1を獲得しますか？』
再びYES　or　NOの選択肢。
俺はYESを選択した。
『あなたは治癒《エイド》1を獲得しました』
頭の中に声が響いた。
獲得できたようなので、実際に使ってみる。
火傷している胸のあたりに手をかざして……。
「――治癒《エイド》」
魔法を口にすると同時に胸のあたりが光に包まれ火傷が徐々に癒えていく。
数秒ほどで傷が消えていた。
「……すごいな……」
痛みもほとんど引いている。これならすぐに動けそうだ。
ステータスを確認してみると、体力もすっかり回復していた。
代わりに魔力は3減っていたが、またしばらくすれば回復するだろう。
「獲得して正解だったかもな。後はスキルだが……」
気配遮断か鑑定技能か……。
いや――迷うことはない。

『今』を生きるために必要なものはと考えれば――教室まで逃げ切るための力だ。
俺は気配遮断を選択した。
使用するスキルポイントは5点。
構わず獲得する。
『あなたはスキル――気配遮断を獲得しました』
これで多少は、敵に察知されにくくなったはず。
「行くか……」
体力も回復した。
考えたいこともあるが、それは歩きながらでもいい。
俺は周囲の様子を窺いつつ、慎重にダンジョンの中を進んだ。

第二章　命懸けの戦い

ダンジョンの中は広大で迷路のように入り組んでいる。
何か目印を残しておけば良かったが……。
（……あのときはそんな余裕もなかったもんな）
悔いても仕方ない。
歩きながらも情報を探る。
敵の姿は見えない。
仲間の姿も見えない。
声も聞こえない。
思っていたよりも、敵は少ないのか？
担任は１００階層って言ってたよな？
最初の階層にあたるここは、敵が弱く少ないと考えていいのだろうか？
だとしたら、俺が生き残れる可能性も高くなるのだが……。
いや、楽観視するのはよそう。
他に何か情報は……――あ、そういえば。

俺は足を止めて、もう一度ステータスを見た。

気になったのはスキルの項目。

そこにはスキルだけではなく、オリジナルスキルと書かれている。

「オリジナルスキル……？」

そうだ。

炎の矢《ファイアアロー》と共に、最初から持っていた力だ。

「オリジナルって……つまり、俺だけが持っているスキルってことか？」

だとすると、このスキルだけは他人は使えないってことだよな？

どんな力なんだろうか？

俺はスキルの欄から選択して詳細を確認してみた。

＊

○オリジナルスキル

・スキル名：一匹狼《ロンリーウルフ》
スキルレベルアップの条件
レベル：0　獲得済み（あなたはFに選ばれました）
1　クラスメイトの協力なしで、階層のボスを討伐する。

2　？？？
3　？？？
4　？？？
5　？？？

・スキル効果
レベル１獲得から発動可能。
効果時間は十五分。
対象に対する自身の全能力値が10倍。
発動状態は獲得経験値量10倍。
レベルアップした際、獲得マジックポイント、スキルポイント10倍。
各階層で一度しか使用できない。
スキルレベルが上がるごとに効果は大幅向上。
また、新たな効果を獲得する。

＊

「全能力値10倍⁉」

しかも経験値と獲得ポイントも……？

これ、スキルレベル１での効果なんだよな？

レベルが上がれば、これよりもとんでもない効果になるのか？

だが……スキルレベル１に上げるための条件が厳しそうだ。

（……階層のボスを一人で……つまり、ダンジョンの中にはボスがいる？）

達成できたなら大きな力になりそうだが、ゴブリンに殺されかけた俺には縁遠い話だ。

（……そもそも……生きて教室に戻れるかわからないしな）

考えるのをやめて、俺は薄暗い通路を歩き続けた。

五分ほど歩いた先は、通路が左、右、正面と三方向に分かれている。

（……こんなところ、さっき通ったかな？）

似たような道が続いているせいか、完全に迷っている。

どっちに進むべきか……と悩んでいると――ぴょん、ぴょんと、正面の通路から跳ねるような音が聞こえた。

徐々にこちらに近付いてくる。

しかし先は暗くてよく見えない。

俺は暗闇を凝視した。

すると――薄暗い通路の中で、真っ赤な鈍い輝きが怪しく光った。

（……間違いない）

モンスターの瞳だ。

目が合った……少なくとも俺はそう感じて、慌てて左の通路に隠れる。
そして壁を背にして顔を出し敵の様子を窺《うかが》った。
近付くにつれて敵の姿がはっきりと見えてくる。
それは兎《うさぎ》を巨大化させたようなモンスターだった。
サイズは通常の5倍ほどだ。
赤い瞳が不気味に光り、頭部には一角獣《ユニコーン》のような鋭利な角が生えている。
あれで攻撃されれば、人の身体《からだ》なんて簡単に貫通するだろう。
まっすぐに直進していたが、動きもかなり速い。
俺に気付いただろうか？
なら仕掛けるべきか？
しかし、こちらに気付いていない可能性もあるだろう。
周囲は薄暗いうえに、俺は気配遮断スキルを獲得している。
（……頼む！）
その効果を信じ、俺は身を潜めたまま様子を窺う。
すると——ぴょんぴょんぴょんと、巨大な一角兎が通路を直進して進んでいった。
（……気付かれなかったか）
早速、スキルの効果が表れたのかもしれない。
もっと試してみたいが、そのためだけにモンスターと接触する度胸もない。

戦闘が避けられたことで俺は心底安堵《あんど》していた。

「……はぁ」

一角兎が見えなくなったのを確認した。

直後――。

「ちょ、マジっ⁉　ふざけんなし！　く、くるなっ！」

通路に響き渡るように、女の子の叫び声が聞こえた。

どうやら、あのモンスターと遭遇した生徒がいるらしい。

だが、向こうは教室のある方角ではないはずだ。

ダンジョンの構造は複雑なため、俺が気付かなかったルートがあったのかもしれないが……。

（……どうする？）

助けに行けば、モンスターと戦わなければならないリスクがある。

しかし、この先にいる生徒は教室までのルートを記憶しているかもしれない。

このまま一人で行動するより、生存の確率が上がるのではないか？

先を考えれば間違いなく戦力にもなるだろう。

メリットとデメリットを天秤《てんびん》に掛けた結果――

（……リスクはあるが……助けるべきか）

そう決めて俺は声の方向に走った。

＊

「マジふざけんな！　あっち行け！」

通路の先で、ギャル風の女の子が一角兎に睨《にら》まれているのが見えた。

動物を扱うようにしっしっしっと追い払おうとしているが、モンスターには逆効果だろう。

「シャアアアア‼」

「ひっ⁉」

モンスターが毛を逆立て威嚇すると、びっくりしたのかギャルは尻餅をついた。

「や、やだ……こ、こないで、こないでよぉ……」

さっきの強気な態度はどこへやら。

泣きそうな顔で、ビクビクと震えている。

俺は周囲の様子を窺う。

他に生徒はいない。

あの女の子は一人でここまで来たのだろうか？

それともクラスメイトとはぐれたか？

何より気になるのは……あのギャルが【1組の生徒】ではないことだ。

（……まさか別のクラスの生徒と遭遇するなんてな）

可能性は考えていた。

あのスピーカーの声——俺たちの担任を名乗るクマは、【ビリのクラスにはペナルティがある】と言っていたからな。

（……さて、どうする？）

他のクラスと関わるデメリットはあるか？

現在の情報だけで言うのなら、おそらくほぼない。

強いて挙げるなら、最下位に課せられるペナルティの存在だ。

内容は不明だが——たとえば生死に関わることなら、他のクラスの生徒は敵同然と言っていい。

競争相手の戦力は少しでも減らしておくべきだが……。

現段階で最も驚異的なのはモンスターの存在だ。

内容不明のペナルティを気にして、ダンジョンから生還するための戦力を減らすのは得策ではないだろう。

「シャアアアアア!!」

ダンッ——と一角兎が地面を蹴った。

鋭い角を向け、ギャルに向かい突撃する。

「ひっ!?」

グサ——と、ギャルの身体が貫かれたかに見えた。

が、角が突き刺さったのは、真後ろの石壁だった。

その衝撃で石壁が崩れる。

すると、その先に道が広がっていた。

（……壁の後ろに通路が⁉）

しかも、ちゃんと先に進めるようだ。

「う、うぅ……怖い。や、やだ……やだよぅ……パパ……ママ、たす、けてぇ……」

せめて逃げればいいものを……ギャルはただ泣いて、震えているだけだった。

しかしそのおかげで、一角兎の注意は少女に向いている。

「――炎の矢《ファイアアロー》」

焔《ほのお》をまといし一矢をモンスターに放った。

不意打ちに、一角兎は動くこともできず――

「っ⁉」

その身体に炎の矢《ファイアアロー》が突き刺さった。

ぐだり……と、一角兎は倒れて、光の粒子と共に消滅した。

『ドロップ：ホーンラビットの角』

『ドロップ：ホーンラビットの肉』

システム音が頭に響く。

モンスターを倒したことで、アイテムを手に入れたらしい。

「無事か？」

確認するのを後回しにして、俺は泣いている女の子に声を掛けた。

「ぁ……」

ギャルは呆然《ぼうぜん》としていたが、次第に助かったことを理解したらしい。

倒れそうになる女の子に駆け寄り、手を差し出す。

「え……ぁ――」

「立てるか？」

「……ぁ……ぅ……っ――ぐすっ……こ、怖かった。怖かったよぅ……！」

助かった安堵感からか、女の子が大泣きした。

涙と鼻水で顔がぐちゃぐちゃだ。

俺は彼女が落ち着くのを待った。

＊

「……怪我《けが》はないか？」

「う、うん……怪我はしてない。あの、ありがとね。あたし、モンスターに襲われて、気が動転しちゃって……もう、わけわかんなくて……」

「仕方ないだろ。いきなりこんなところに連れてこられたらな……」

「……やっぱり……キミもそうなんだ」

落ち着いたこともあり、女の子は笑みを見せてくれた。

第一印象はギャルと思ったものの、近くで見ると化粧はほとんどしていない。

だが真面目系というわけでもなさそうだ。

制服は着崩され、白いシャツのボタンは外れ、胸元が少しはだけている。

しかし、だらしないという印象は受けず似合っていると感じた。

それは彼女の容姿が非常に整っているからだろう。

明るめに染めたサイドテール。

ぱっちりと開いた二重の瞳が活発さと愛嬌を感じさせる。

だが……モンスターに襲われていたためだろうか？

容姿に似合わないおどおどとおびえた姿が、どうしても目に付いてしまう。

「あ……自己紹介がまだだったよね。あたしは三枝勇希《さえぐさゆうき》」

「ユウキ……？」

「えと……い、いきなり呼び捨て？」

「あ、いや、すまない。知り合いと名前が同じだったから、ちょっと驚いた……」

「知り合いってクラスの人？　あたしの名前は漢字だと勇気に希望なんだけど？」

「……驚くべきことに、漢字も一緒だ」

もちろん、ユウキちゃん――九重《ここのえ》勇希と三枝勇希は似ても似つかない。

泣き虫なところなんて正反対だ。

だが……単なる偶然だろうか？

こんな異常事態だからこそ、何かが仕組まれているのではないか？　と勘ぐってしまう。

考えすぎだとは思うが……。

「キミの名前は？」

「俺は……俺は宮真大翔《みやまやまと》だ」

「ヤマト？」

「どうしたんだ？」

「ご、ごめん。あたしのほうも、友達の名前と同じだったから」

「……マジか？」

「マジ！　でも、名前だけね。ところでさ、あたしは2組なんだけど、宮真くんは……？」

「俺は1組だ。三枝は、クラスメイトとはぐれたのか？」

「あ、えと……」

俺が尋ねると、三枝は声を詰まらせた。

何か情報を得たいが……無理に聞き出して関係を悪化させたくはない。

「言いたくないなら、話さなくていいぞ」

「ぇ……ぁ……えっと……」

「そんなことより聞きたいことがある。三枝は教室の位置を把握してるか？」

雰囲気を悪化させたくないので、俺は話題を変えた。

「……ごめん、わかんない……あたしが教室を追い出された瞬間、扉が消えちゃって……」

「は……？」

「あ⁉　――お、追い出されたっていうのは――」

「なあ、扉が消えたっていうのはどういうことなんだ⁉」

「っ――⁉」

声を荒らげる俺に、彼女はビクッと身体を震わせ身を硬くする。

「わ、悪い……。でも、説明してくれないか？」

「そ、そう言われても……あ、あたしもわけわかんなかった。でも、扉が消えただけじゃなくて、場所自体が入れ替わっちゃったような……」

つまり、ダンジョンの構造が変化しているのか？

だとしたら最悪だ。

一度教室の外に出れば、戻れなくなる可能性が高くなる。

俺は……このままダンジョンで、モンスターと戦い続けて――。

（……いや、諦めるな）

弱気になってどうする。

まだ死ぬと決まったわけじゃない。

真剣に助かる道はないか考えるんだ。

「なあ、三枝。情報共有をしないか？」

「うん！　……あたしが知っていることは、少ないと思うけど……」

そして俺たちは互いに持っている情報を交換したのだが……有益な情報は特になかった。

担任から得られた情報は、1組も2組も同じようだ。

ただひとつ違ったのは、

「担任を名乗った人は、クマじゃなくてパンダだったよ」

これだけだった。

正直、あまり役立ちそうな情報ではない。

（……他の生徒とも合流して少しずつでも情報を得られたらいいが……）

どれだけの生徒がダンジョンの中にいるだろうか？

「ねぇ宮真くん。ここじゃさっきの怪物がまた出るかもしれないんだよね？」

三枝が不安そうな顔で尋ねてきた。

「……その可能性は高いな」

「あの……もし迷惑じゃなければ、しばらく一緒に行ってもいい？」

三枝がグッ――と身体を寄せて、窺うように俺を見た。

その瞳は不安そうに揺れている。

「ダメ、かな……？　あ、あたし、できることなら、なんでもするから……」

俺自身、最初から行動を共にするつもりだった。

俺が生き残るためにも、利用できるものはとことん利用するつもりだ。

「もちろん構わないぞ」

「あ――ありがとう！　ありがとうね、宮真くん！」

三枝の目がキラキラと光った。

そしてギューーっと俺に抱き付いてきた。

「ちょ、あ、あまりくっ付くな」

「だって、だってあたし、嬉《うれ》しくて……！　もう、ダメだと思ってたから……宮真くんは、あたしの恩人だよぅ……！」

喜んでいたと思ったら、ポロポロと涙を流す。

（……泣き虫な奴《やつ》だな）

俺の考えを知ったら、どんな顔をするだろうか？

もっと、泣くのだろうか？

そんなことを考えていたら……胸がチクチクと痛んだ気がした。

「……三枝、悪いが泣いている暇はない。いくつか確認したいことがある。まずはおまえのステータスを教えてくれ」

「ステータス……って、何？」

そこからか。

俺は三枝にステータスの確認方法を伝えた。

「あっ……す、すごい!?　これがステータス？」

「そうだ。どういう感じなんだ？」

「え、え～と……」

彼女の口から伝えられたステータスは、こんな感じだった。

*

○ステータス
名前：三枝　勇希　年齢：15歳
レベル：1
体力：23／23　魔力：0／0
攻撃：12　魔攻：0
守備：7　魔防：3
速さ：11

・魔法：なし
・スキル：なし

*

一言で言うと……雑魚だった。
全ステータスが俺以下。
魔法もなければ、オリジナルスキルもないらしい。

俺以外に比較できる者はいないが、これが普通なのか？

そうなるとなぜ、俺は最初から魔法とオリジナルスキルを覚えていた？

ステータスとはどう決められるのだろうか？

たとえば——筋力のある生徒なら体力や力が高かったりするのか？

もし教室に戻れたなら、調べてみてもいいかもしれない。

「ねぇ、宮真くん。兎みたいなモンスターを倒すときに使っていたのって、もしかして魔法？」

「ああ」

「やっぱりそうなんだ！　すごいよね！　一撃でモンスターを倒しちゃったもん！　あたしも使えるようになるの？」

「レベルを上げて、マジックポイントを獲得していけば使えるようになると思うぞ」

「レベル？　どうやって上げるの？」

「モンスターを倒すことで上がるみたいだ」

「え？　も、モンスターを……」

三枝は顔を伏せた。

モンスターに襲われたときの恐怖を思い出したのかもしれない。

「……怖いとは思うしリスクもあるが、生き抜くためにはレベル上げは必須だと思う。俺も一緒に戦うから……がんばってみてくれないか？　危なそうなら逃げられるようにサポートもするからさ」

「……そ、そうだよね。怖いけど……宮真くんと一緒ならあたし、がんばってみる！」

よし。

とりあえず納得してくれたようだ。

これで探索を続けられる。

「三枝、俺たちの目的は教室に繋《つな》がる扉を見つけること、次にモンスターを倒してレベルを上げることだ。このダンジョンにはアイテムもあるみたいだから、見つけたら報告してくれ」

「わかった、がんばろうね！」

「ああ」

そして俺たちはダンジョンの探索を開始した。

しかし、通路は無駄に広く、やみくもに進んでいても迷うだけだ。

武器でもあれば、石壁に傷でも付けて目印にするんだが……。

（——あ、そうだ！）

俺は泣いている女の子に目を向けた。

ホーンラビットの角……だったか？

アイテムを手に入れてたよな？

意識するとアイテムメニューが視界に映った。

（……やっぱり、意識すると表示されるのか）

だんだんと、この世界のルールがわかってきた気がする。

メニューには先程ドロップしたアイテムだけではなく――身に着けている衣服まで所持アイテムとして表示されている。

試しに制服を選択してみた。

＊

・防具：学生服《ガクラン》
装備耐久力：57／100
防御力：2

＊

装備することで得られる効果と共に、装備、譲渡、放棄――という三つの選択肢が表示される。

考えるだけでメニューの項目の選択や切り替えが可能らしい。

耐久力が減っている……もし0になったらどうなるのだろうか？

気にしつつも、続いてホーンラビットの角を選択してみる。

＊

・武器：ホーンラビットの角
装備耐久力：100／100

攻撃力：10

＊

俺はそのまま、装備を選択してみた。

『このアイテムを装備しますか？』

そしてYESを選ぶと、ふわっとした光と共に右手に一角兎の角が召喚された。

「え!? そ、それも宮真くんの魔法なの？」

「いや、違う。さっき倒した兎がいただろ？ あいつを倒したときに手に入れた武器を装備したんだ」

「そ、そうなんだ……？」

ホーンラビットの角――その先端は見るからに鋭利だ。

俺はそれを利用して、ダンジョンの壁に適当な印を付けていく。

「何してるの？」

「こうやって印を付けておけば、ここが通った道だってわかるだろ？」

それに、もしダンジョンの構造が変化しているのだとしたら、来た道を戻ったときにこの印も消えているはずだ。

「そ、そっか！ それすごくいい！ 宮真くんって、頭いいんだね！」

冷静な頭があれば、誰でも思いつく。

そう思いつつ別の言葉を口にした。

「三枝、これを持ってみてくれないか？」

「い、いいけど……？」

俺は三枝にホーンラビットの角を渡した。

すると、それはどこかに消えてしまう。

「あれっ⁉　ど、どこにいったの⁉」

「……アイテムの手渡しはできないのかもな」

もう一度メニューを確認すると、アイテム欄にホーンラビットの角と書かれていた。

所有権が消えたわけではないようだ。

少し調べてみると、いくつかわかったことがあった。

まずアイテムには所有権というものがある。

それはおそらく最初に手に入れた人物が所有者となる。

さらに所有権の放棄が可能。

所有権を放棄した場合、メニューからアイテム名が消えて地面に投げ出される。

つまり捨てた……ということになるらしい。

「三枝、拾ってみてくれ」

「う、うん……」

この状態で拾うと所有者が変更になる。

同じやり方で三枝にアイテムを返してもらう。

所有権の放棄は何度でも可能らしい。

もちろん、こんなことをしなくてもアイテム欄から譲渡《じょうと》を選択すれば、

『ホーンラビットの角を譲渡しますか？』

システム……と敢《あ》えて形容させてもらうが――こんなメッセージと共にＹＥＳ　ｏｒ　ＮＯの選択肢が出てきた。

ＹＥＳを選択すると譲渡したい相手の名前が表示される。

現時点で表示されているのは三枝だけだった。

もしかしたら相手との距離が関係しているのかもしれない。

俺は三枝の名前を選択した。

「三枝、そっちは何か表示されたか？」

「うん！　ＹＥＳとＮＯの選択肢が出たよ！」

「なら、ＹＥＳを選んでくれ」

「う、うん……」

戸惑いつつも、三枝は俺の指示に従ってくれた。

『譲渡が完了しました』

これで所有権が移ったらしい。

システムでアイテムが縛られている以上、自分の所持品を奪われる心配はないようだ。

「え、えと……今のであたしに譲渡されたのかな？」

「ああ、アイテムメニューを開いて装備してみてくれ」

「うん！　え、え～と、この画面からホーンラビットの角を選択して……っ!?」

三枝の手にはホーンラビットの角が召喚されていた。

「できたな」

「う、うん……なんだか不思議な感じ……」

俺は頷《うなず》く。

同時に、システムに縛られるメリットとデメリットがよくわかった。

「それは三枝が持っていてくれ。武器としても使えるからな」

「で、でも……宮真くんの武器がなくなっちゃうんじゃ……」

「俺は魔法を覚えてるからな。その武器は三枝の護身用だ」

「……わかった。ありがとね、宮真くん」

「ああ。それとひとつ頼みがあるんだが、通路を進んだら壁に印を付けてくれ」

「わかった。それくらいなら、あたしにもできるから」

むしろ、それができないくらいなら足手まといどころの話じゃない。

俺の気持ちなど知る由もなく、三枝は力強く頷いたのだった。

「じゃあ行く――」

「ゴブアアアアアアアアア!!」

前方から怒りを孕《はら》んだような咆哮《ほうこう》が聞こえた。

「な、何……⁉」

「……──ゴブリンだ！」

俺たちを見つけたモンスターが、ダダダダダダと一目散に駆けてくる。

気配遮断を獲得しているはずだが……効果が発揮されていないのだろうか？

いや、考えるのは後だ。

まずはゴブリンの対処だな。

敵の数は二体か。

「三枝は自分を守ることだけを考えてくれ」

「う、うん……！」

距離のあるうちなら、勝算は十分ある。

それに、今後のために確かめておきたいこともある。

この戦闘はいい機会だ。

（……こいよ、モンスター）

こっちを殺すつもりで来るっていうのなら──容赦しない。

俺は手を突き出し、ゴブリンに魔法を放とうとした──その瞬間、まっすぐに疾駆していたゴブリンたちがジグザグに動く。

（……なんだ？）

まるで俺が、魔法を使えることを知っているみたいな――⁉
（……⁉　こいつら、あのときのゴブリンか⁉）
遠目からで気付けなかったが、二体のゴブリンは火傷《やけど》を負っていた。
どうやら気絶させただけで、消滅には至らなかったようだ。
「ガアアアアアアアアアアア‼」
ゴブリンがまた咆哮する。
それは俺に怒りを向けているようだった。
あのとき、死んでいるか確認しておけば……こんなことにはならなかった。
こういうことが、このダンジョンでは命取りになるかもしれない。
後悔しても仕方ないが、学ばせてもらった。
だから、もう二度と同じ失敗はしない。
「――炎の矢《ファイアアロー》！」
今度こそ確実に殺してやる。
俺は二連続で赤い閃光《せんこう》を放った。
そのうちの【一矢】が、ゴブリンを貫くために突き進む。
が、予測不能な動きをするモンスターを捉えることはできず、暗闇に消えてしまう。
だが、あいつらは気付いていない。
俺が放ったもう一本の矢の行方を――

「落ちろ！」

天井目掛けて放っていた炎の矢《ファイアアロー》は消失することなく宙に留まっていたのだ。

そして、俺の言葉に従うように急降下する。

「――ガッ⁉」

閃光はゴブリンの胸部を貫いた。

（……よし！　うまくいった！）

どうやら魔法は、ある程度コントロールが可能らしい。

倒れたゴブリンが光の粒子を放ち消滅していく。

今度こそ確実に仕留めたようだ。

後はもう一体――。

「ッ――ガアアアアアアアアアア‼」

仲間がやられたことに激昂《げきこう》したのか、怒りを爆発させ俺に迫ってくる。

俺はゴブリンに手を向け、炎の矢《ファイアアロー》を連続で放った。

二本の矢がゴブリンの腕と肩を貫く。

だが、致命傷には至らない。

確実に致命傷となる一撃を与えなくては――こいつは止まらなそうだ。

だったらまた――。

「こい！」

絶対に避けられない至近距離で、炎の矢《ファイアアロー》をぶっぱなす！

「グガアアアアアアアアッ‼」

鼓膜を劈《つんざ》くようなゴブリンの咆哮は、俺を殺すと叫んでいるようだった。

だが殺されてやるつもりはない。

「死ぬのはおまえだ！」

この距離なら確実に当たる。

「ファイア――」

そう確信して、魔法を放とうとしたのだが――

「っ⁉」

予想外の事態が発生した。

ゴブリンの手に光が溢《あふ》れたと思うと――盾が召喚されていたのだ。

（……モンスターも装備を召喚することができるのか⁉）

なぜ、その可能性を考えなかっ――

「――アロオオオオオオオッ！！！！！」

思考は一瞬だった。

だが、その一瞬の迷いが勝機を逃すことになった。

ゴブリンは盾で急所を庇《かば》う。

放たれた炎の閃光は盾ごとゴブリンを貫いた。

しかし、

「ガアアアアアアアアアアアアアアアアアアアッツ‼」

盾が炎の矢《ファイアアロー》の効果を弱めたのだろう。

ゴブリンを倒すまでには至らなかった。

その瞬間、小さな鬼の形相がニヤリと歪《ゆが》む。

全身が総毛立った。

これが死の恐怖……今までに感じたことのない感覚に身体が硬直する。

こちらの隙を逃すことなく、ゴブリンの強靭《きょうじん》な爪が俺に向かって振り下ろされた。

「──宮真くんっ！」

「⁉」

三枝の叫びが聞こえた。

死を覚悟していた。

なのに、俺の身体に痛みはない。

不思議なことに、ゴブリンは腕を振り上げたままその場に立ち尽くしている。

「……？」

ゴブリン自身、何が起こったのかわからない。

そんな顔をしながら首を振る。

視界に入る光景を見て理解しただろう。

自らの胸元が、三枝の持っていたホーンラビットの角に貫かれていることを。

そして、

「……ぁ……」

バターン——。

ゴブリンは地面に倒れると、光の粒子を放ち消滅した。

「……た、倒した……の？」

全身の力が抜けたみたいに、三枝はその場にへたり込む。

俺の心臓は爆発しそうなほど鼓動を打っていた。

まるで勝った気がしない。

いや——俺一人なら今ごろ死んでいた。

目前の女の子に助けられたのだ。

「三枝……」

「な、何？」

「……助かった」

それだけ言って、俺もその場にへたり込んだのだった。

＊

しばらくして身心ともに落ち着いたころ。

「宮真くん、あたしレベルアップしたみたい。それとアイテムが手に入ったんだけど……」

三枝はアイテムを取り出した。

ゴブリンからドロップしたのは、棍棒《こんぼう》と木の盾だ。

「盾はさっきゴブリンが使っていたものだな」

「魔法の跡があるもんね」

木の盾には炎の矢《ファイアアロー》が突き刺さった穴と焦げ跡が付いている。

ドロップするアイテムは、モンスターが所持しているものからも手に入るようだ。

「これ、渡しておいたほうがいい?」

三枝は俺に判断を委ねた。

協力関係にあるとはいえ、他人を信じすぎな気もする。

現状を考えればありがたい限りだが。

「なら武器を譲渡してくれないか?　盾は三枝が使ってくれ」

「わかった。じゃあ……」

俺は三枝から棍棒を譲渡してもらい装備した。

＊

・武器：棍棒
装備耐久力：80／100

攻撃力：7

＊

装備耐久力が減っているのはゴブリンが使用していたためだろう。
「三枝、レベルアップしたならポイントが入ったよな？」
「うん、マジックポイントとスキルポイントだよね」
頷く三枝に魔法とスキルを獲得する方法を伝える。
話を聞きながら、彼女は獲得できる魔法とスキルを確認していた。
その間に、俺も自分のステータスを確認する。
が……どうやらレベルは上がっていない。
もう少しモンスターを倒す必要があるようだ。
それとひとつ気になることがあった。
消費されている魔力の量がおかしい。
炎の矢《ファイアアロー》の消費魔力は3。
さっきの戦闘で使った回数は四回。
つまり消費魔力は12のはずなのだが……。

＊

○ステータス
名前：宮真　大翔　年齢：15歳
レベル：2
体力：40／50　魔力：3／38
攻撃：32　魔攻：30
守備：17　魔防：15
速さ：25

・魔法：炎の矢《ファイアアロー》　：治癒《エイド》1
・オリジナルスキル：一匹狼《ロンリーウルフ》
・スキル：気配遮断1

＊

自動回復していた分を考えると、明らかに魔力の消費が激しい。

考えられる原因は、さっきの戦闘時に変わった魔法の使い方をしたことだ。

それが、魔力の大幅消費に繋がったのだろうか？

「ねぇねぇ、宮真くん宮真くん」

「どうした？」

「いっぱいありすぎて、どれを獲得していいかわかんないんだけど……」

「まさか……俺に選べなんて言わないよな？」

「選んでっていうか、アドバイスは欲しいかも……」

どうやら迷っているらしい。

だが、好きに魔法やスキルを獲得されるより都合が良かった。

「ちなみに獲得できる魔法とスキルは何がある？」

三枝は自分が獲得できる魔法とスキルを口にした。

基本的には同じ力を獲得できるようだが、聞いたことのないスキルも混じっている。

「三枝、マッピングっていうのはどんな効果なんだ？」

彼女が口にしたそのスキルは俺が獲得できないものだった。

獲得できる力には個人差もあるのだろう。

「え～と……。ダンジョン内の通った経路を記録、マップを表示させることが可能となる……って書いてある」

「は⁉　マジでか⁉」

「え……何かマズいの？」

「おまえ、ばかなの？」

「なっ⁉　た、確かに勉強は苦手だけど……ば、ばかじゃないし！」

しまった――思わず本音が出てしまった。

「……おまえの持っているスキルは超重要スキルだぞ」

「そうなの？」

「あのな……通った経路の記録ができるってことは、【現在地】が明確になるんだ」

「う、うん。便利……だよね？」

「便利どころの話じゃない！　ここは複雑に入り組んだ広大な迷路だ。つまり迷いまくる」

「通路に印を付けながら移動してるくらいだもんね」

「ああ。だがマッピングがあればそんな必要なくなる。迷いなくダンジョンを進めるなら、生還できる確率は高い」

「え⁉　それって超重要じゃん！」

三枝がマッピングスキルを持っていたのは、本当に僥倖《ぎょうこう》だ。

「これで、助かる確率がぐんと上がったぞ！　時間は掛かるがルートを一つ一つ潰していけば、教室の扉を見つけられる可能性も高いからな」

俺は敢えて助かると口にした。

実際のところはわからないが、わざわざ希望を絶つ必要はないだろう。

ダンジョンの構造が急に変化した……という件も、マッピングがあれば対応可能かもしれない。

「三枝、そのマッピングスキルを獲得してもらってもいいか？」

「うん！　役立つスキルなら取っておかないとだよね！」

三枝は二つ返事で承諾してくれた。

決して頭がいいとは言えないが、素直な性格なので扱いやすい。

こちらがコントロールできるという意味では、これ以上ない協力者かもしれない。

「YESを選べばいいんだよね……。うん、獲得できたよ！　後は何を取ったらいいかな？」

「そうだな……魔法のほうは……」

「魔法もだけど、まだスキルも取れるみたい」

「は？」

「まだ5ポイント残ってるよ？」

「残ってる？　レベルアップでスキルポイントが10点入ったってことか？」

「うん。マジックポイントも10点入ったけど……」

どういうことだ？

俺がレベルアップで得たポイントは5点ずつだったよな？

「……三枝……今のレベルは？」

「えっと……レベル3だよ」

なるほど。

さっきの戦闘でレベルが二つ上がっていたのか。

まだ断定はできないが、倒したモンスターによって貰《もら》える経験値に差があるのかもしれない。

「三枝自身が獲得したいスキルはあるか？」

「わかんないけど……。一緒に行動するんだし、宮真くんの役に立つスキルがいいと思う」

「いいのか？」

「うん！」

だとしたら、同じスキルを取ることは避けたい。

5ポイントで獲得できるスキルの中で、便利そうなのだと……。

「鑑定技能なんてどうだ？　魔法のほうは攻撃を一つ取ってほしい」

「鑑定技能ね、わかった」

三枝は迷うことなく鑑定技能を取ってくれた。

「魔法はどうしよう？　攻撃できるのだと……雷撃《ライトニングボルト》っていうのでいいかな。あ――でも、使用するには魔力が5も必要なんだよな……」

「魔法を使うには魔力を消費するからな」

「だとすると……意味がないかも……」

「え？」

「あたしの魔力、2しかないんだけど……」

「に……？　――って、最大値が2か!?」

＊

○ステータス
名前：三枝　勇希　年齢：15歳

レベル：3
体力：30／30　魔力：2／2
攻撃：18　魔攻：5
守備：9　魔防：7
速さ：17

・魔法：なし
・スキル：マッピング　：鑑定技能1

＊

レベル3となった三枝のステータスはこんな感じらしい。

（……相変わらず、低いな）

初期ステータスだけではなく、成長率も低いようだ。

マッピングという有用なスキルを持っているが、戦闘面は期待できないだろう。

「覚えられる中で、魔力2で使える魔法はあるか？」

「……え～と……属性付与《エンチャント》っていうのがあるよ」

「エンチャント？」

それも、現状では俺が獲得ができない魔法だった。

「火、水、風、土、闇、光の六つの属性を様々なものに付与できるって。それと、持続時間が短いって書いてある」

「消費魔力は2なんだよな？」

「そうみたい。でも、獲得に消費するマジックポイントは10点だって」

すべての魔法やスキルが5ポイントで獲得できるわけではないらしい。

5ポイントの魔法を二つ獲得するのもありだと思うが……。

（……三枝の現在魔力は2なんだよな）

使えない魔法を獲得しても意味がないだろう。

次にどんなモンスターと遭遇するかもわからない以上、今を生き抜くという意味では――。

「三枝がいいなら獲得してみてくれ」

「ＯＫ！」

三枝は迷いなく属性付与《エンチャント》を獲得した。

俺の言ったとおりにしてくれるのはありがたいが……この人任せな感じは不安になる。

「これで、魔法とスキルは取り終わったよ」

「了解。それじゃ先に進むか。早速、マッピングの効果も確かめよう」

「そうだね。マップを表示できるらしいけど……あ、出たよ、宮真くん」

宙に浮かぶ四角い画面が俺の視界にも映った。

「……驚いたな。効果が共有されたのか……」

「スキル保有者が対象者を選択できるみたい。宮真くんにも共有させたいって考えただけなんだけど無事成功したみたいね」

嬉しそうに笑って三枝はVサインを向けた。

やはりマッピングは獲得して正解だ。

そんなことを思いながら、俺は視界に映る画面を見つめる。

黒い画面の中にマップが書き込まれていく。

「この画面に映ってる赤い二つの点は、あたしたちだよね」

「動けばわかるだろ」

俺たちが歩くと、連動して赤い点も動き出した。

すると、黒い画面が白く塗り潰されてマップが広がっていく。

「すごい！　宮真くん、これ超便利だね！」

「ああ……。だが、少し気になるな」

表示されたマップには違和感があった。

「一ヵ所、現在地から随分と離れたフロアがマッピングされてるよな」

「ほんとだ……。ここに辿《たど》り着くまでの経路は記録されてないのに」

「……なんでここだけ？」

「こんなの転移《ワープ》でもしない限りはできないよね……」

「転移《ワープ》？」

「あ、ごめん。そんなことできるわけ――」

「いや、ありえない話じゃないな」

「え……？」

「三枝は教室を出たときに扉が消えたって言ったろ？」

「うん」

「それって、三枝が教室を出てすぐに、罠《わな》に引っかかったって可能性はないか？」

「……じゃあ、教室の扉が消えたって感じたのは、あたしが罠に掛かって転移《ワープ》したから？」

「可能性はあるな」

少し発想が突飛かもしれないが、この世界ならありえない話ではない気がする。

罠の存在を考えていなかったが、それに気付けただけでも大きい成果だ。

もし俺の推測どおり三枝が罠に掛かり転移《ワープ》したのだとしたら、マッピングされている位置の近くに2組の教室があるかもしれない。

俺は自分の教室に戻りたいが、このマップからでは1組の教室がどこにあるかわからなかった。

マッピングは、スキル所持者が通った場所しか記録されないようだ。

「三枝。この離れてマッピングされている場所。この周辺にはおまえの教室がある可能性が高い。だから、今から向かってみないか？」

「え……あ、あたしの、教室に……」

なんだ？

今までどおり俺の意見に賛同するのかと思いきや、三枝は表情を暗くした。

「もしかして、戻りたくないのか？」

「……うん。あんなところ……戻りたくない」

今まで俺の言葉に従ってきた三枝が、初めて自分の意志を見せた。

それほどいやな思いをしたということか？

「追い出されたって言ってたが……それが関係してるのか？」

「……外の様子を見てこい。何かわかるまで戻ってくるなって無理強いされたの。もちろん、いやだって言ったよ。だけど、あたしの叫びなんてクラスの誰も聞いてくれなかった」

三枝は重々しい表情で口を開く。

入学式を終えたばかりの、人間関係が大して構築されていない状態でそこまで強要されたのか？

いや、この緊急事態に他者を生け贄《いにえ》にするのは、人間の生存本能からすると自然かもしれない。

弱者が淘汰《とうた》されたというだけの話なのだから。

「抵抗しても意味なんてなくて……結局、教室から追い出された」

「……それが、一人でダンジョンにいた理由か」

「うん。入学したばかりの高校で、早速イジメにあっちゃうなんてね。あたしって……そういう運命なのかな。高校デビューするために、見た目とか、いろいろ気を遣ったんだけど無駄になっちゃった」

高校デビューと聞いて、俺は首を傾《かし》げる。

「もしかして、ちょっとギャルっぽいのはそのせいか？」

「……似合ってないよね。あはは……無理してるの……自分でもわかってたんだけどね。せめて格好だけはなんとかしたいなって……」

三枝は悲しそうに笑った。

もしかしたら、過去にもいろいろあったのだろうか？

いや……ないわけがない。

俺たちはもう、十五年も生きてるんだ。

たった十五年……そう思う奴もいるかもしれないけど、そいつなりの苦労なんていろいろある。

「三枝は、がんばったんだな」

「っ……」

「変わろうとしたってことだろ？　人が変わるって大変なことだもんな。それでも行動した。一歩踏み出そうとした。だから、その努力を否定する必要はないだろ」

三枝を慰めたいわけじゃない。

ただ、彼女を否定することは――過去に変わろうとした俺自身を否定することになる。

それがいやで、らしくないことを言ってしまった。

「宮真くん……。あはは、なんだかごめんね。でも、ありがとう。よし！　――しめっぽい話はもう終わりにしよう！」

「そうだな。とりあえず目的地を変更して――」

「──ごめん、やっぱりあたしのクラスを目指そう」

「……いいのか？」

「あたしのわがままで迷惑を掛けたくないもん。それに、助かる可能性が高いんだよね？」

「……ああ」

「わかった。気を遣わせちゃってごめんね。それと……さっき言ってくれたこと、嬉しかった」

困ったように笑いながら、三枝は感謝を口にする。

彼女の表情は、他人の優しさに戸惑っているようにも見えた。

「それじゃあ行くか」

「うん！」

こうして俺たちは三枝のクラス──1年2組のある方角を目指し歩き出した。

＊

似たような景色が広がる、迷路のようなダンジョン。

こんなところに踏み入ってはどんな人間も確実に迷うだろうが、マッピングのおかげで探索は順調に進んでいる。

そんな中、モンスターを発見した。

ホーンラビットが二体。

運がいいことに、気配遮断の効果で不意打ちすることに成功。

なんなく討伐することができた。

棍棒での攻撃を試してみたかったが、やはり距離を取れる魔法に頼ってしまう。

まぁ、レベルアップできたので良しとしよう。

魔法とスキルのポイントも手に入った。

1レベル上がるごとに貰えるのは、やはり5ポイントだった。

(……何を取るか)

俺は改めてスキルツリーを確認した。

治癒《エイド》1と気配遮断1を獲得したことで、どちらも治癒《エイド》2と気配遮断2にレベルを上げることが可能になっている。

(……1と書かれている魔法やスキルは、レベルを上げることができるんだな)

だが、レベルを2にするためには、それぞれ10ポイントが必要になるようだった。

効果は強まるとは思うが、必要ポイントの増加は痛い。

それと、レベルが上がったためか獲得できる魔法とスキルが増えている。

(……これじゃ、ポイントはいくらあっても足りなそうだ)

そんなことを思いながら、新しく増えた気配察知1というスキルを確認してみる。

＊

○スキル：気配察知1

・解放条件。
プレイヤーレベル3以上、かつ気配遮断を獲得することでスキル解放。
・スキル効果
周囲の生物の気配を察知することが可能。

スキルレベル上昇で効果範囲が拡大。

対象の能力が高いほど効果は強まる。

＊

モンスターの存在をいち早く察知できれば、より安全に探索を進められるってわけか。

しかも、生物――ってことは、人間の気配も察知できるってことだよな？

他の生徒たちがダンジョン探索に出ているのであれば、出会える可能性が高まる。

（……獲得しておくか）

スキルポイントを貯《た》めて気配遮断2を獲得するのもありだと思っていたが、5ポイントならこっちも取っておいて損はない。

気配察知1を選択。

『スキルポイントを5点消費して、気配察知1を獲得しますか？』

YESを選択して、俺は気配察知を獲得した。

マジックポイントは貯めておく。

次のレベルアップで治癒《エイド》2を獲得する予定だ。

「あ――宮真くん、見て、あそこに宝箱があるよ！」

ダンジョンを進んでいくと、三枝が声を上げた。

通路の真ん中に赤い箱が置かれている。

担任がアイテムの存在は口にしていたが、本当にあるなんてな。

これで痛みがなければ、悪夢を見ていると錯覚できるのだが……。

「せっかくだし開けてみようよ！」

三枝は膝を突き宝箱に手を伸ばした。

「……って、ちょっと待て三枝」

「どうしたの……？」

「その宝箱を開く前に、鑑定スキルを使ってみてくれないか？」

「え？　宝箱を鑑定するの？」

「ああ、罠が仕掛けられてるかもしれないだろ？　鑑定スキルなら調べられると思うんだ」

「そ、そっか……罠……」

今気付いた。と目を丸くする三枝。

だが、これが普通の反応か。

俺が警戒しすぎなのかもしれないが、宝箱だからといってすぐに食いつくことはできなかった。

うまい話は疑ってかかれ……ってわけじゃないがな。

「じゃあ鑑定してみるね」

「頼む」

そう言って、三枝は宝箱を凝視する。

「大丈夫みたい」

「どういう感じでわかるんだ？」

「対象の詳細がわかるの。たとえば、この宝箱なら――」

＊

○木製の宝箱レベル1
耐久：1
鍵が掛かっている。
罠は仕掛けられていない。

＊

「こういう情報がわかるの」

「よし、じゃあ開けてみるか」

「でも、鍵が掛かってるよ？」

宝箱には鍵穴があった。

「耐久があるってことは、壊せるってことだろ？」

俺は持っている棍棒で『木製』の宝箱をぶっ叩《たた》いた。

ボコッと鈍い音を立てて、宝箱が壊れた。

「ら、乱暴すぎない？」

「開けばいいさ」

「中身が壊れるかもしれないじゃん……」

「大丈夫だ。一応、加減はしてる」

瓦解した穴を、棍棒を使って広げていく。

すると【飲み物？】が手に入った。

「なんだこれ？　名称がはっきりしないな」

「鑑定してみようか？」

「そうだな」

俺は【飲み物？】を取り出した。

「えっとね……」

＊

○アイテム名：マジックポーション

・効果
飲むことで魔力を50回復。

一度飲むと消滅する。

喉の渇きも癒やせる。

＊

「魔力の回復薬か」

「これは宮真くんにとってはいいアイテムだね！」

「だな。これで魔力切れをしても、またすぐに魔法が使える」

どうしても必要なときは迷わず使用しよう。

「しかし、喉の渇きも癒やせる……か」

俺の言葉の直後――きゅう。という可愛《かわい》らしい音が鳴った。

その可愛らしくも小さな悲鳴を奏でたのは、三枝のお腹《なか》だ。

「……し、仕方ないじゃん！　朝からずっと食べてないんだから……。あ～……あたし、なんで今朝ご飯抜いてきちゃったんだろう……」

空腹は俺も感じていた。

喉も渇いている。

「……ここって、食べ物とかって手に入るのかな？」

「少なくとも、飢え死にするってことはないと思うぞ」

仮に俺たちを殺すことが目的なら、ダンジョン攻略なんて回りくどいことはさせないだろう。

「実はドロップしたアイテムの中に食材があった」

「食材……？」

「ホーンラビットの肉……なんだが。もしかしたら、これを料理して食べろってことなのかもしれない」

「ええええっ!?　も、モンスターを食べるの？」

「俺は炎の魔法が使えるだろ？　焼くこともできるし、ダンジョンの中で空腹を感じたら最悪はこれで飢えを凌《しの》げるって話だ」

「……そうなる前に、ちゃんとした食べ物を見つけられるといいなぁ……」

三枝は切実に願っているようだった。

文句を言える状況でないとわかっていても、モンスターを食べるのは抵抗があるのだろう。

俺も全くないわけじゃないが、飢えで死ぬよりはマシだ。

＊

さらにダンジョンを進んでいく。

マップの未到達エリアが、どんどん到達エリアとして書き換えられていく。

通路を正確に把握して無駄を省くことで、移動効率は段違いになっていた。

マップが埋まっていくことでわかったが、道が様々に分岐しているだけでダンジョンが極端に広いわけではないようだ。

あれからモンスターとの戦闘もなく、目的地には順調に近付いている。

このまま何事もなければ、1年2組に無事に到着でき――

「っ⁉」

強烈な寒気を感じた。

(……なんだ?)

心がざわめくような感覚に、俺は慌てて周囲を警戒する。

この先に間違いなく何かいる。

しかも……。

(……後ろからもかよ!)

最悪なことに、後方からも何かが近付いてきている感じがした。

「宮真くん?」

「この先から、いやな感じがしないか?」

「あたしは、何も感じなかったけど……?」

三枝は不安そうに俺を見つめる。

嘘《うそ》をついているわけじゃないだろう。

もしかしてこれが――さっき獲得した気配察知の効果なのか?

だとしたら――。

（……この先に強力なモンスターがいるってことか？）

幸いなことに、前方に存在する強烈な気配は動いてはいない。

対して、後方からの気配はどんどん近付いてくる。

挟み撃ちされる心配がないだけ、まだマシだが……。

「ねぇ、大丈夫？　顔色、悪いよ？」

「体調が悪いわけじゃないんだ。ただ、この先には行かないほうがいい気がする」

「え、でもうちのクラスを目指すんだよね？」

「ああ。遠回りになるかもしれないが、別ルートを探してみよう」

ダンジョンの通路は複雑に入り組んでいるため、思いがけない通路を発見できる可能性だってある。

とにかく、この先には進むべきではない。

理屈ではなく本能が告げていた。

「わかった。宮真くんがそのほうがいいって思うなら、きっとそうなんだよね」

「それと……後方からも何かが近付いているから慎重に進んでくれ」

「何か……？　……うん、わかった」

俺たちは踵《きびす》を返した。

すぐに魔法を放てる準備だけはしておく。

こちらに迫ってくる魔物も、今までのモンスターと比べて気配は強い。

だが、本能が戦いを拒むほどの恐怖は感じない。

これなら勝機は十分にあるだろう。

「三枝……止まってくれ。来るぞ」

「う、うん！」

三枝はホーンラビットの角と、ゴブリンの盾を構える。

視界の先で、複数の影が動いた。

「あれ？　今、何か見えたっすよね？」

「モンスター……じゃ、ないみたいだな？　もしかして、他のクラスメイトじゃないか？」

「お～い、お仲間～？」

気楽な声が聞こえてきて、思わず警戒心が薄まる。

「もしかして……!?　──やっぱり！　大翔くん！」

え……？

なんで俺の名前を……──まさか!?

「勇希!?」

「やっぱり、大翔くんだ！」

信じられなかった。

が、間違いない。

彼女が泣きそうな顔で、こっちに走ってくる。

「……宮真くん、あの子ってもしかして……」

「クラスメイトだ」

でも、なんで……？

勇希は教室に戻ったはずなんじゃ……？

しかも、勇希と一緒にいるのは見覚えのない生徒ばかりだ。

「ああ～良かったぁ……。やったね宮真くん！　これでまた仲間が増えた！　あたしたち、これできっと助かるよね！」

「あ、ああ……」

嬉しそうな三枝。

助かる可能性が高くなったのだから、喜ぶのは当たり前だろう。

だけど、ここに勇希がいることを俺は素直に喜べなかった。

「大翔くん、本当に良かった！　無事だったんだね！」

勇希が俺に駆け寄ってくる。

「……なんでダンジョンにいるんだ？」

「え……？　なんでって……」

「教室に戻れなかったのか？」

「ううん。あの後、ちゃんと戻れたよ。野島《のじま》くんも助けられた。全部、大翔くんのおかげ！」

野島……？　一瞬疑問に思ったが、あの三白眼の不良の名前だろう。

「だったら、なんでまたダンジョンに入った！」

思わず強い口調になっていた。

自分でも苛立《いらだ》っているのがわかる。

これじゃ、俺がなんのためにリスクを冒してダンジョンに入ったのかわからない。

「なんでって、当たり前だよ！」

「当たり前……？」

「だってあのとき、大翔くんは私たちを助けてくれたもん！　だったら今度は、私が大翔くんを助ける番だよ！」

勇希は真摯な眼差《まなざ》しを俺に向けた。

呆《あき》れる。

九重勇希は、どうしようもないばかだ。

大ばかだ。

（……もしかしたらとは思っていた）

俺を助けるために、彼女はダンジョンに戻ってきてくれるんじゃないか。

そんな期待をしてしまっていた。

ヒーローはピンチに必ず駆け付けてくれる。

そんな子供のころに抱いた幻想の存在は、今も変わることはない。

誰かに期待することを諦めていた世界で、勇希だけは俺の勝手な信頼に応えてしまう。

でも……その自己犠牲はあまりにも異常で、一歩間違えば死に繋がる。

誰かのために、自分を危険に晒《さら》すようなことは二度としてほしくはない。

だけど、それでも――。

（……ありがとう、勇希）

今は彼女が俺を助けに来てくれたことが、どうしようもないほど嬉しかった。

だからこそ俺は――彼女がヒーローであり続けることを、二度と嬉しいなんて思っちゃいけない。

それはいつか、彼女を殺すことに繋がるかもしれないから。

「勇希……二度と誰かを助けるために無理はしないでくれ」

「……それはこっちのセリフ！　私たちを助けるために無理なんてしないでね。もしするなら、そのときは一緒に乗り越えるの！　約束してくれる？」

「……勇希が無理をしないなら、俺も約束する」

「了解！　じゃあ約束だね！」

笑みを浮かべ、俺に小指を向ける。

「約束のゆびきり」

「……わかった」

小指を結び俺と勇希は約束した。

だが、最初から守るつもりはない。

俺を信じ切った顔の勇希を見ると、少しだけ胸は痛むが……。

それでも彼女を守るためなら……どんな無理だってしてみせる。

何があろうと、何を利用しようと、絶対に。

「お二人さん、お熱いね〜！　探し求めていた人に出会えたんだもん仕方ないと思うけど……そろそろ自己紹介してもらえると嬉しいかなぁ」

茶化すような声が聞こえて振り返ると。

「あ、ごめんね、扇原《おうぎはら》さん！　それにみんなも……」

一人の女子生徒が微笑《ほほえ》ましそうに、俺たちを見守っていたのだった。

第三章　攻略条件

「そっかそっか〜。宮真《みやま》くんが1組で、三枝《さえぐさ》さんが2組なんだね。うちらはみんな、1年5組だよ」


出会った生徒たちと軽く自己紹介。

明朗快活——という言葉が似合う少女は扇原《おうぎはら》子猫《こねこ》。

この愛想の良さは猫より犬という感じだ。

コミュニケーション能力がとにかく高く、こちらの懐に遠慮なく入ってくる。

だが、それで不快にならないのは彼女の持つ資質なのだろう。

「他のクラスの状況も知りたかった。1組だけでなく、2組の生徒と会えたのは助かるな」

このクールで理知的な男は遠峯《とおみね》修吾《しゅうご》。

眼鏡が似合うイケメンだ。

どうやら、5組はこの二人がまとめているらしい。

二人とも見るからにヒエラルキー上位層って感じだった。

「でもさ〜、なんでそんな少人数で行動してんすかね？」

このチャラい感じの男は鳳《おおとり》瞬《しゅん》。

「明らかに危なそうだよな。リスク高すぎだろ」

ガタイが良く、スポーツでもやってそうな波崎功《はざきこう》。

「あーしも、一人じゃ絶対探索なんてしないわ」

ギャルの女王みたいなのは九条秋葉《くじょうあきは》。

扇原たち5組の面々は、この五人で行動していたようだ。

「秋葉の言うとおりだ。九重《ここのえ》さんが、ダンジョンに一人でいるのを見つけたときは本当に驚いたぞ」

「あはは、私は一人で教室を出ちゃったから……」

遠峯に言われ、勇希《ゆうき》は困ったように苦笑した。

「そうだね。ちょっと無謀すぎるよ。クラスメイトと協力すべきだったと思う」

扇原は理想論を口にした。

他人を助けるために、自らを危険に晒《さら》せる者などいない。

勇希みたいな奴《やつ》は例外中の例外だ。

そもそも、会ったばかりの生徒が団結するのは不可能だろう。

「その口振りだと、5組は協力できてるのか？」

「わたしたちも、クラスメイト全員と協力関係を築けたわけじゃないよ。この状況を怖がってる生徒も多いし、そういう子には無理強いさせられない。でも、行動しなくちゃ何も解決しないって考える生徒もいたの」

「それがこの五人というわけか？」

「探索を志願してくれた生徒は十人。だからメンバーを二つに分けて五人ずつのパーティを作ったの」

それが事実なら、5組は随分と協力的な関係を築けているようだ。

これも扇原の人徳だろうか？

彼女は平和主義なうえに行動的で、理想的なリーダーと言えるかもしれない。

5組に所属している生徒はかなり恵まれたな。

どんな人物がクラスにいるかで、ダンジョンの探索にもかなり差が出るだろう。

「後は3組や4組とも情報交換できればいいんだがな」

「そうだね。他のクラスの無事も確かめられるといいんだけど……」

扇原は表情を暗くする。

犠牲者が出ている可能性を考えているのかもしれない。

「ねぇ、三枝さん。2組はどんな感じなの？　みんなちゃんと無事なのかな？」

「え、えと……2組は……」

三枝は口を閉ざす。

自分がイジメを受け、クラスを追い出されたことなど話したくないだろう。

「2組の生徒も無事らしいぞ。それと、三枝は様子を見るために教室を出た途端、罠《わな》に引っかかったらしい」

「そ、そうそう！　あたし別のフロアに転移《ワープ》しちゃったみたいで……」

「罠だと？　ダンジョンには罠が仕掛けられているのか？」

「転移《ワープ》とかマジっすか？　うわっ、こわ〜！」

「ちょ、あーしも怖いんだけど。子猫〜、何か対策ってないの？」

「罠らしきものが目に見えているのなら、鑑定スキルで対応できるんじゃないかな？　トラップの解除はできなくても、それが罠なのかはわかると思うよ」

扇原は魔法やスキルの存在、その使い方を明確に理解しているようだ。

「そっか、それで対応できるんなら安心じゃん。さっすが子猫！」

「えへん！」

扇原はワザとらしく胸を張る。

ギャルの女王タイプである九条も、扇原のことは随分と信頼しているようだ。

「でも、罠があるっていうのは有益な情報だね。ありがとう。宮真くん、三枝さん」

人懐っこい笑みで、扇原が感謝を口にした。

基本的に人嫌いな俺も、彼女にはなんとなく惹《ひ》かれるものがあった。

こういうのをカリスマ性というのだろう。

「可能な限り情報は共有するべきだろ？」

「うん、あたしもそう思ってるから」

「助かるよ。二人は他に聞きたいことってある？　わかる範囲で答えるよ？」

邪気のない笑みを向けられ、俺は質問を口にする。

「これだけ広大なダンジョンの中で、迷ったりしなかった？」

「似たような通路ばっかりで、わかんなくなっちゃうよね。だからわたしたちは、通った通路にこうやって印を付けてきたの」

言って扇原は赤いペンで壁に印を付けた。

その下には進行方向なのか矢印を書いている。

（……なるほど）

どうやら、マッピングスキルは持っていないようだ。

やはり、人によって獲得できるスキルに差があるのだろう。

三枝のマッピングはオリジナルスキルではないが、獲得できる生徒数は限定されているのかもしれない。

「マップを作るのがベストではあるが、これだけ通路が複雑では地図の作成に時間が掛かるからな。現状はこれで対応している」

遠峯が淡々と説明した。

「教室まで位置は把握できてるのか？」

「うん、大丈夫だよ。教室を出てからまっすぐ進んできたの。行き止まりだったら右の通路に進んでる。だから帰る場合は印のとおりに戻るだけ」

そこは徹底しているようだ。

十分に話し合い、あらかじめ探索の方針を決定していたのだろう。

「ここに来るまでに、モンスターと遭遇したか？」

「うん……。わたしたちが戦ったのは、スライムとホーンラビット。それと宝箱を二つ見つけた」

こういった運も、今後は差が開く要因になるかもしれない。

「……ちなみに宝箱からは武器が二つ手に入ったよ。遠峯くん、波崎くん、見せてあげて」

「了解した」

「ああ」

二人が武器を召喚する。遠峯が片手剣で、波崎が両手斧《おの》だ。

「モンスターを倒したときにレベルアップしたから、装備に合わせて遠峯くんには剣技能を、波崎くんには斧技能を獲得してもらってる」

「スキルの効果はどうだ？」

「驚くべきものだ。獲得と同時に剣士としての知識や技術が身に付いてしまうのだからな」

遠峯の声に少しだけ興奮が混じった。

それは、魔法やスキルのすさまじさを実感したためだろう。

「おれらって、マジで異世界？　に来ちゃったのかね？」

「あーしらが異世界って……マジ意味わかんない」

軽い感じで話しているが、鳳と九条も不安はあるようでその表情に影が落ちる。

誰も望んだ状況ではないというのが、全生徒共通の思いに違いない。

「勇希……1組の連中は今、どうしてるんだ？」

「……ごめん、わからない。私は野島《のじま》くんを教室に送り届けてすぐに、ダンジョンに戻っちゃったから……。その後は、迷っていたところで扇原さんたちと会ったんだ」

「……あのな、もう少し計画的に行動してくれよ」

「今は反省してるよ。あのときは大翔《やまと》くんを助けたくて無我夢中になっちゃった」

勇希は気まずそうに視線をそらした。

「……まずは自分の身を守ることを優先してくれ」

「ごめん……」

もし扇原たちと合流していなければ、最悪の事態もありえただろう。

「モンスターと戦闘はしたのか？」

「ううん。モンスターと会ったのは、大翔くんが駆け付けてきてくれたあのときだけだよ」

危険がなかったのは何よりだが、そうなると勇希のレベルは1のままか。

無理に戦闘はしてほしくないが、ここではいつモンスターに襲われるかわからない。

「……何か武器は持ってるか？」

「ごめん、アイテムも見つけられなかった」

「それなら、これを受け取ってくれ。念のための護身用だ」

俺は持っていた棍棒《こんぼう》を譲渡しようとした。

「……でも、それを受け取っちゃったら大翔くんはどうするの？」

「俺は魔法で攻撃できるからな。それに他の武器もちゃんと持ってる」

「そうなの？」

「ああ」

三枝が『あれ？』という顔をこちらに向けた。

俺が嘘《うそ》をついたのがわかったらしい。

だが、こうでも言わなければ勇希は受け取ってはくれないだろう。

「……わかった。じゃあ、ありがたく借りておくね！　モンスターがきたらこれでやっつけちゃうから！」

勇希は力強く笑って棍棒を構えた。

あくまで護身用ということをわかっているのだろうか？

「何度も言うが、無理はしないでくれよ……」

「うん！」

一応、これで探索に戻る準備は整ったな。

後は、

「扇原……頼みがある」

「何かな？」

「このダンジョンを……いや、この階層を攻略するまででもいい。協力できないか？」

今を生き抜くために、俺は提案した。

「それは……1組とって意味じゃなくて、宮真くんとってことかな？」

「正確には俺たちとだけどな」

言って俺は勇希と三枝を見た。

すると、二人は俺を見て頷《うなず》く。どうやら、協力関係を結ぶことに賛成のようだ。

しかし、俺たちが力を貸したところで5組の利益は小さい。

果たして提案は受け入れられるだろうか？

「わかった、協力するよ」

「え……？」

扇原は即答だった。

「なんだか意外そうだね？」

「……こちらとしてはありがたいが、いいのか？」

担任は他のクラスに負けないようにと言っていた。

そして攻略した順に特別ポイントが支給されると。

扇原や遠峯が、それを忘れているということはないだろう。

まさか説明を受けていないのか？

「もしかして、着ぐるみが言ってた他のクラスとの競争って点を気にしてる？」

「……そのとおりだ」

「競争……って、何それ？」

三枝が首を捻《ひね》ると、

「各クラスにダンジョンの攻略を競わせているらしい。その順番で報酬も変わるそうだ」

遠峯が質問に答えた。

そして、扇原は俺を見つめ、

「……ねぇ、宮真くん。ダンジョンの攻略条件ってなんだと思う？」

真剣な面持ちで尋ねてきた。

俺もダンジョン攻略の条件についてはいくつか考えていたのだが。

「……次の階層に進む道を見つけ出す……とか？」

「わたしもその可能性が高いと思う。でも、攻略条件が一つとは限らないと思ってるんだ」

担任を名乗る着ぐるみからは、そのあたりの説明は何ひとつなかった。

だからこそ、複数の可能性を考えるのは当然だろう。

そして――俺はもうひとつ、ある攻略条件の存在を考えていた。

「……このダンジョンには、ボスモンスターがいるかもしれない」

少し前に感じた強烈な気配――あれがそうかもしれない。

「なるほど……。宮真くんはボスを倒すことが攻略条件だと考えてるんだね」

「……あくまで、可能性のひとつとしてだけどな」

「ダンジョンに、モンスター……となれば、ボスがいてもおかしくはない。でも、宮真くんがそう思った根拠はあるの？」

俺は振り返り、通路の先を指し示す。

「この通路の先に……明らかに別格の魔物がいる」

「別格の魔物～？　それは実際に戦ったんっすか？」

チャラ男の鳳が質問を向ける。

「いや、戦ったわけじゃない。気配でそう感じた」

「……そっか、気配察知のスキルだね」

扇原の言葉に俺は頷く。

「だから、この先には進むべきじゃない」

「……わかった。情報提供ありがとね！　さっきの話だけど、協力関係は成立ってことでいいんだよね？」

扇原から念を押された。

俺は彼女たちのことを、完全に信用しているわけじゃない。

だが、今は5組の手を借りたい。

少なくとも1階層を攻略するまでは。

「ああ、生き残るためには協力者が必要だ」

その言葉に勇希と三枝も頷いた。

「わかった。なら、聞いてほしいことがあるの。わたしたち5組の目標は二つ。一つ目は絶対に生き残ること。二つ目は元の世界に絶対に帰ること。これには賛同してもらえるかな？」

「ああ。勇希も三枝も問題ないか？」

「うん！　みんなでがんばろうね！」

「あ、あたしも、大丈夫！」

「了解。じゃあ協力関係はこれで成立！」

扇原が手を差し出し、俺も迷わずその手を取った。

直後、

「――早速で悪いんだけど協力してほしいことがあるの。結論は話を聞いてからで構わないから」

扇原が口を開いた。

「もちろん、話は聞かせてもらう」

「ありがとう。あのね、この先にいるボスモンスターの討伐を手伝ってくれないかな？」

「は……？」

それは、あまりにも想定外の頼みだった。

「……扇原、俺の話を聞いてたよな？」

「聞いたからこそだよ。ボスを討伐すればこの階層を攻略《クリア》できるかもしれない」

「……もっと慎重になるべきだ。俺たちだけじゃなく、おまえのクラスメイトも危険に晒すことになるぞ？」

「あーしらはもう納得済み。じゃなきゃこんなとこ探索してないってーの」

「そうそう。おれらさっさとこんなとこ出たいんすよ。のんびりやってたら、おっさんになっちゃうっしょ？」

このダンジョンから生きて元の世界に戻ること。

少なくとも、この場にいる5組の生徒は完全に方針を固めているようだ。

「……宮真……これは仮定の話だが……仮に十年掛けてこのダンジョンを攻略できたとして、そこから社会復帰できると思うか？」

「あ……そう、だよね。ここを攻略するって言っても、どれだけ時間が掛かるかもわかんないんだ……」

遠峯の言葉に、三枝が反応した。

扇原たちの危惧はわかる。

生きて元の世界に帰ったとしても、既に何十年も経過していたら社会復帰など絶望的だろう。

そもそも、俺たちの帰る場所が残っているかもわからない。

元の世界に帰りたい生徒にとってみれば、残されている時間は少ないのかもしれない。

「わたしたちは少しでも早く元の世界に帰りたい。だから、ボスの討伐に協力してほしいの！」

「……扇原さんたちの気持ちはすごくわかるよ。でも、他の可能性を検討してみてもいいんじゃないかな？」

扇原と勇希の意見を交わす。

死ぬリスクが高い方法を取るべきではない。

「仮にボスを倒すことが階層の攻略条件だとしても、勝てる保証は――」

「勝算はあるよ」

扇原が俺の言葉を遮る。

「……どういうことだ？」

「ボスモンスターが強敵なのは間違いないと思う。でも、ここは１００ある階層のうちの１階層目。もし担任の目的がダンジョンを攻略させることにあるのなら、生徒が全滅するような強敵と戦わせるなんてわたしは思えないの」

だとすると、ボスと戦わない方法で攻略できるか。

もしくは……。

「担任は、俺たちを皆殺しにするつもりかもしれないぞ？」

「なら最初からそうしてるはずだよ。こんな面倒なことをする意味がない」

俺自身はなんとかボスとの戦闘を避けるよう誘導したい。

だが、扇原の言うとおりだと納得してしまう。

根拠は担任の発言だ。

あの着ぐるみは、今回の【ゲーム】は自分が勝ちたいと言っていた。

つまり、俺たちを利用することで達成したい目的があるのだ。

だとしたら、負けが決まっている戦いはさせないだろう。

「それと、ここを探索して気付いたことがあるの。このダンジョンは生徒のレベル上げを制限しているみたい」

「レベル上げの制限？」

俺の質問に頷くと、扇原は話し出した。

「こうして話している間もモンスターは全く現れないでしょ？　いくらここが広くても、モンスターがたくさんいるならもっと遭遇していると思うんだ。これって、ダンジョンの中にいるモンスターが少なくなってきてるからじゃないかな？」

「……つまり、この階層にいるモンスターには限りがあると？」

「そう！　だからこそ、どんなにがんばってもレベルを上げられる限界がある」

ありえるかもしれない。

担任たちの思考を理解できるわけじゃないが、クラスの競争を激化させたいのなら、そのほうが都合はいいだろう。

「限られた数のモンスターを取り合って、わたしたちはレベルを上げる。でも、それでも上げられるレベルは大したことないと思う。多分、この階層では5レベルもいけばいいほうじゃないかな？」

レベルが上がっていけば、その分だけ多くの経験値が必要になるのは間違いない。

ここまでの探索で、俺はそう感じている。

「もしこのフロアで上げられる個人のレベルが最大で5だと仮定する。わたしたち5組——ここにいる五人は今、レベル3なんだけど——」

「なっ⁉　五人がレベル3⁉」

となると、結構な数のモンスターを討伐しているのか？

「……ごめん。ひとつ秘密にしていたことがあるの」

「扇原、話すのか？」

「うん。協力関係になったからね。いいかな、みんな？」

扇原が尋ねると、

「子猫がいいなら、あーしは構わないけど？」

「おれもＯＫっすよ。てか、隠すようなことじゃないっしょ？」

「構わない」

５組の面々が承諾した。

「……わかった。君の決定に従おう」

遠峯の許可を得たうえで扇原は口を開いた。

「わたしは、オリジナルスキルを持っているの」

「オリジナルスキル……？」

「それは、スキルとは違うの？」

三枝と勇希が首を傾《かし》げる。

（……まさか扇原もオリジナルスキルを持っていたなんてな）

驚きはあったが、俺は考え込むふりをして彼女の言葉を待つ。

「オリジナル――つまり、この世界でわたしだけが持っている力なんだと思う。スキル名は――

経験共有《オールエクスペリエンス》。効果はクラスメイトがモンスターを討伐した際、対象者が経験値を等倍で獲得。対象者はわたしが選択可能でクラス全員を対象にすることもできるの」

扇原はオリジナルスキルの詳細を教えてくれた。

もし常時発動だとしたらとんでもない効果だ。

「……全員が同じレベルなのも納得したよ」

「黙っていてごめんね。でも、これで隠しごとはもうないから」

5組の生徒たちがやけに統制が取れているのは、扇原の人柄だけではなく彼女の持つオリジナルスキルが関係しているのかもしれない。

個人でなくクラス全体に恩恵のある力なのだ。

その恩恵を受けるためにも、わざわざ扇原と敵対したい生徒はいないだろう。

「モンスターが限られた数……と仮定するのはいい。扇原のオリジナルスキルが強力なのもわかった。だが、ボスに対する勝算とは全く関係ない話だろ？」

「関係はあるよ。決められた数のモンスターしかいないなら、上げられるレベルも決まってる。つまり――ボスモンスターはそのレベル内で討伐可能。そう考えるのが自然じゃないかな？」

ボスの討伐が階層の攻略条件なら理屈は通っている。

「それと、話は変わるけど食料の問題が気になったの」

「5組で話し合ったときに出た議題のひとつが食料問題だったんだ」

「後さ～、お風呂とかも今のままじゃないわけでしょ？　マジで最悪」

「ほんとっすよね。しかも、トイレもないわけっしょ？」

「現状では、俺たち人間がまともに生活を営む環境がないんだ」

食料以外は些細《ささい》な問題だと思うが、人間らしい生活が保障されていないのは間違いない。

「それで考えたのはポイントのことなんだ。ダンジョンを攻略した順番で特別ポイントが貰《もら》える。このポイントでもしかしたら、食料や生活用品を購入することができるんじゃないかな？」

「……つまり、この世界で生きていくにはポイントを獲得することが重要になると？」

「推測でしかないけど、わたしはそう考えてる」

ポイントを多く得るためにも、ボスの討伐を急ぎたい……というわけか。

「ここにいる八人で戦えば倒せる可能性は高いと思う。もし厳しそうなら……そのときは——全力で逃げよう！」

そのぶっちゃけた発言に、俺は思わず頭を抱えた。

賢い奴なのだと思ったが、そこは考えなしか。

「勇希と三枝はどうだ？」

「ボスと戦わずに階層を攻略する手段があるなら探したい。でも……食料の問題を考えるとのんびりしてる余裕がないのは事実だよね……」

勇希はボス討伐に賛成……というよりは、そうせざるを得ないと考えているようだ。

他の攻略手段を探そうにも、腹が減って食料もなければ最悪は飢え死にすることになるからな。

「あ、あたしは、どうしたらいいかわかんないけど……。でも、宮真くんと一緒に行くよ」

三枝は、自らの意志を示さない。

自ら選択することを怖がっているようにも思える。

過去のイジメの経験が、今の臆病な彼女を形成しているのかもしれない。

二人の意見を聞き逡巡《しゅんじゅん》したものの……俺は答えを決めた。

「……わかった。扇原――俺たちもボス討伐に協力する。ただし、危険だと判断したらすぐに逃げるぞ。それだけは約束してくれ」

「もちろんだよ！　ありがとう、みんな！」

そして俺たちは、ボスと推測されるモンスターのいるエリアに向かった。

いざとなれば――誰を犠牲にしても勇希だけは逃がす。

その覚悟だけを決めて。

＊

一歩進むごとに、悪寒が強くなっていく。

行けば殺される。

この先にいるモンスターと戦うべきではない。

本能が足を進めることを拒んでいる。

「もうすぐだ……」

緊張で声が震えた。

今ならまだ引き返すことができる。

「みんな――戦闘準備」

扇原の声にそれぞれが身構える。

慎重に、慎重に進んでいく。

すると通路の先に開けた場所があるのが見えた。

だが、視界は薄暗くモンスターの存在は確かめられない。

しかし目に見えずとも、気配察知のスキルを持つ俺の背には戦慄が走った。

「……――来るぞっ!!!」

俺が叫んだのと同時に影が動いた。

ダダダダダダ――と地面が揺れる。

「全員――放て！」

扇原の号令と共に、

「「「――雷撃《ライトニングボルト》!!」」」

「炎の矢《ファイアアロー》!!」

俺を含めた四人――扇原、鳳、九条が攻撃魔法を放った。

魔法の光が周囲を照らすと、モンスターの姿が明確になった。

鬼のように巨大な体軀《たいく》と形相。

だが、それは鬼ではない。

「み、みんな、聞いて！　鑑定スキルの結果を伝えるね！　ボスモンスターはホブゴブリン！　ゴブリンの強化種！　レベル３――属性は土で、弱点は水属性！」

三枝が敵の情報を解析した。

あらかじめ、敵を見つけたら鑑定スキルを使うように指示しておいたのだ。

「了解！　水属性の魔法はないから今ある選択肢の中で戦おう！　レベル３の相手なら――油断しなければきっと勝てる！」

仲間たちを鼓舞する扇原。

彼女もきっと恐怖を感じているだろうに、ボスモンスターを前にしても気丈な姿勢を崩さない。

自分が弱気な姿を見せることが、周囲の士気に関わることを理解しているのだろう。

「第二撃！　放って‼」

続けて魔法を放つ。

雷光と紅蓮《ぐれん》の矢は間違いなくホブゴブリンを捉えた――かと思えば、

(……嘘だろっ⁉)

直撃の瞬間、持っていた巨木のような棍棒で魔法をかき消した。

その巨軀《きょく》からは信じられないほどの俊敏な動きで俺たちに迫ってくる。

「遠峯くん、波崎くん、お願い！」

「了解した！」

「任せろ！」

身体《からだ》のでかい波崎はともかく、遠峯も臆せず前に出た。

武器を持っている二人が前衛となり、中衛から俺たちが魔法攻撃。

無難ではあるが妥当な作戦だ。

「ふっ!!」

「くらえ！」

斧技能と剣技能を獲得したというだけあって、二人の動きは熟練の戦士のようだった。

ガタイのいい波崎が攻撃を受けながら、隙を突いて遠峯が切りかかる。

続けて、

「九重さん、三枝さん！　続いて！」

「わかってる！」

「う、うん！」

さらに勇希と三枝が、持っている武器——棍棒とホーンラビットの角で攻撃を加える。

技能持ちの男子二人に比べれば微小なダメージではあるが、それでも現戦力を最大限に利用した戦いだ。

まさかの攻撃に、ホブゴブリンの視界が勇希たちを捉える。

「四人とも、一旦離れて!!」

四人が距離を取った瞬間——俺たちは魔法を放った。

雷撃《ライトニングボルト》が直撃し、ホブゴブリンの身体を駆け上がるように稲妻が迸《ほとばし》る。

続けて火花を散らす紅蓮の矢が、ホブゴブリンの身体を射貫いた。

「グアアアアアアアッツ!?」

一撃一撃、確実にダメージとなっている。

それは傷ついていくホブゴブリンの姿を見れば明らかだった。

油断はできないが、数の優位が顕著に現れる光景だ。

「勝てるよ、みんな!」

本当に勝てるかもしれない。

戦う前に感じた圧倒的恐怖が薄まっていく。

希望が芽生えた。

その瞬間——シュウウウウウウウウウ。

「なっ!? まさか!?」

「再生しているのか!?」

前衛で戦っていた二人が驚愕《きょうがく》の声を上げる。

冗談のような話だが、間違いなくホブゴブリンの傷が再生していた。

「みんな、回復する隙を与えないで! 魔法による一斉攻撃の後、前衛は前へ!」

こんな状況でも、冷静に扇原の指示が飛んだ。

相手が自己回復するとはいえ、勝算はまだ十分にあった。

『5組の生徒が2階層に繋《つな》がる【扉】を発見しました。よって5組は第1階層攻略完了となります』
どこからともなく、システム音がダンジョンに響いた。
（……ボス討伐じゃ……なかったのか？）
確かに今、攻略完了と聞こえた。
結果だけ言えば判断を見誤った。
攻略のために、このモンスターと無理に戦闘する必要はなかったのだ。
「扇原！　どうする？　撤退するのか!?」
俺が声を上げた。
ホブゴブリンは逃げる隙を与えてくれるだろうか？
脳内に思考が駆け巡る。
『今から5組に所属する生徒を2階層に強制転移《ワープ》します』
その声が聞こえた途端――5組の生徒全員がこの場から消えていた。
「ぇ……？」
残されたのは、俺、勇希、三枝のみ。
何が起こったのか、理解できなかった。
だが、
（……ハメられたのか？）
嘘だろ。

この状況で、扇原たちがいなくなったら――⁉

「勇希、三枝――退がれ‼」

俺は叫んで指示を出した。

二人は我に返ったようにハッとすると、すぐに俺の指示に従ってくれた。

呆然《ぼうぜん》としている暇はない。

後悔している余裕もない。

「――炎の矢《ファイアアロー》‼」

まだホブゴブリンの傷は癒えきっていない。

一気に畳み掛けることができれば理想――だが、

（……ダメか）

再生速度が攻撃のダメージを上回る。

傷の回復を待つまでもなく、ホブゴブリンは後退する二人を追って疾駆する。

その脚力は圧倒的で、二人はあっという間に追いつかれてしまった。

「やめ――」

そこからの光景はスローモーションのように、ゆっくりと流れた。

ホブゴブリンが薙《な》ぐように振った棍棒が、勇希に迫っていく。

あんなもので殴られれば、勇希は――。

「炎の矢《ファイアアロー》‼」

間一髪のところで、赤い閃光《せんこう》が棍棒を弾《はじ》き飛ばした。

だが、まだ助かったわけじゃない。

醜くも鋭い双眸《そうぼう》が俺を見つめる。

すぐそこに死が迫っていた。

「勇希、三枝、おまえらは逃げろ！」

三枝も逃がすのは、あくまで勇希を一人にしないためだ。

「逃げろって――ダメだよ！　約束したじゃない！　今度は一人で無茶しないって！」

「無茶しなくちゃここで全員死ぬ！　無駄話してる余裕はない！」

「で、でも、あたしたちが逃げたら、み、宮真くんが……」

「だからそんなこと話してる暇は――!?」

巨大な影が俺を覆う。

ホブゴブリンが俺に飛び掛かってきたのだ。

「っ!?」

油断した。

避けられない。

攻撃を受けることを覚悟した――が、この化け物の丸太のような腕で殴られれば致命傷は避けられない。

「――大翔くん！」

バン――。

軽い衝撃を受けた。

それはホブゴブリンによる攻撃ではない。

（……勇希……!?）

攻撃を受ける直前、彼女が俺を突き飛ばしたのだ。

思わず尻餅をついたが、おかげで致命傷を避けることができた。

が、俺を狙っていたゴブリンの視線が勇希を捉える。

「ガアアッ!!」

「っぅ――!?」

すかさず第二撃。

強靭《きょうじん》な肉体から振るわれた一撃が、勇希を襲う。

――ゴギッ。

鈍い音が聞こえ勇希の身体が通路の石壁に叩《たた》きつけられた。

力なく、勇希が地面に崩れ落ちる。

「勇希……!?」

「っ……くっ……」

死んではいないが、ダメージが大きいのは目に見えて明らかだ。

続いてホブゴブリンは三枝に顔を向けた。

「ひっ……こ、来ないで……」

「クソオオオオオ!!」

怒声と共に放たれた赤い閃光がホブゴブリンの巨軀を貫く。

しかしダメージはないのか、怯《ひる》みすらせずこちらに視線を向けた。

それでいい。

俺を見ろ。

「……さっきから調子に乗りやがってっ!!」

頭にきた。

今すぐにでも、こいつをぶっ殺してやりたい。

だが、怒りに身を任せれば俺の隠された力が解放されるなんて……そんなことがあるわけない。

それでも心を怒りで震わせる。

怒りで恐怖を打ち消していく。

「――三枝！　勇希を連れて逃げてくれ」

「で、でも……」

「一生の頼みだ！　もし聞いてくれたら、俺はこの先――ずっとおまえの力になると約束する！」

勇希を助けるには、俺の犠牲――そして、三枝の助けが必要だ。

それでも三枝はモタモタしている。

こんなときも優柔不断。

決断のひとつもできない三枝に苛立《いらだ》ちが募る。

「言うことを聞かないなら、俺はおまえを攻撃する！」

「そ、そんな……無茶苦茶じゃん！」

「無茶苦茶でもなんでもいい！　殺されたくないならさっさと行け！」

「っ――絶対、絶対死んじゃダメだからね‼」

勇希をなんとか背負い、三枝は駆け出した。

（……頼んだぞ、三枝）

俺はもう一度、炎の矢《ファイアアロー》を放った。

ホブゴブリンはダメージなど気にもせず、攻撃を受けながら突き進んでくる。

そして俺に近付き拳を振った。

動きは素早い――だが、単調だ。

「当たらねえよ！」

俺はモンスターの動きを観察して身をかわした。

魔力はどこまで持つだろうか？

せめて武器があれば……いや、武器技能を獲得していない俺が与えられるダメージは少ない。

ホブゴブリンは自己回復で傷を再生させてしまう。

だからこそ一気に畳み掛ける必要があった。

扇原たちと協力して与えたダメージは完全回復している。

既に勝機は逃した。
「……クソクソクソ！　全部クソだ！」
扇原たち5組の奴らも、勇希を傷つけたこのクソゴブも！
この世のすべて、何もかも最悪だ。
でも、一番ばかでクソなのは俺だ。
なんで扇原たちと協力しようなんて考えた！
裏切られる可能性を考慮しながら、なぜ最悪のケースを想定しなかった‼
俺がしっかりしていれば、勇希を危険な目に合わせずに済んだのに――。
「ぐっ――」
振られた拳が俺の頬を掠《かす》めた。
それだけで頬が切れ、血が流れる。
勝てない。
人間よりも、モンスターは強い。
だから数を集めて、協力して戦う必要がある。
だが、協力者じゃダメだった。
必要なのは仲間？
違う……それじゃ裏切られるかもしれない。
なら――必要なのは支配、恐怖による統制か？

いや、それも違う。

この世界では誰も信じることができない。

だったら必要なのは個としての力だ。すべてをねじ伏せるだけの力が俺にあったなら――。

(……大切なものを一つくらいは、守れたのかもしれないのにな)

でも、もういい。

死ぬ覚悟はもうできている。

後は、時間を稼ぐだけだ。

(……勇希。きっと生き残ってくれよ)

無力を噛《か》み締めながらも、俺は祈ることしかできなかった。

神様なんて信じてもいないのに。

＊

「はっ、はっ――」

あたしは必死に走っていた。

なんのために?

生きるため……?

違う、そうじゃない。

託されたからだ。

あたしの恩人――宮真くんに、彼女を――九重勇希さんを。
でも、今も迷ってる。
本当にいいのかって。
あのままじゃ、宮真くんがモンスターに殺されちゃうかもしれない……。
だけど、あたしの助けを宮真くんは望まなかった。
そうだよね。
あたしと違って、頭の良い宮真くんだもん。
あたしが助けに入っても、無駄なことを知ってたんだ。
ちょっと戦力が増えても、あの化け物には勝てない。
必死に自分に言い訳をする。
あたしは悪くない。
弱いから、仕方ない。
逃げることが最善だ。
助けに戻っても、きっと無駄なんだ。
「ごめん、ごめん、宮真くん！」
どうしてか、視界が歪《ゆが》んだ。
涙が溢《あふ》れて止まらない。
悔しい。

どうしてあたしは、こんなにも弱いんだろう。
昔からそうだ。
あたしは心が弱かった。
勇希なんて名前を貰っておいて、誰よりも勇気がない。
子供のころからイジメられて、泣いてばかりだった。
どうしたら強くなれるんだろう?
泣くたびに、そんなことを思っていた。
小学校、中学校――環境が変わっても、あたしの立場は変わらない。
みんながあたしをイジメの標的にした。
理由を聞いたこともある。
すると悪魔のように顔を歪めて、『あんたをイジメるのが面白いから』と言われた。
地獄だった。
だから、誰もあたしを知らないところに行きたかった。
やり直したかった。
何度も失敗していたけど、今度こそと願った。
そして選んだのがこの高校だった。
興味もないのに今時の女の子っぽい格好をして、高校デビューをするつもりだった。
今度こそ、変わりたかった。

でも、その願いが叶《かな》うことはなかった。

その理由は単純で――小中学校時代イジメの主犯格だった生徒が同じクラスにいたのだ。

最初に顔を見たとき、なぜ同じクラスに彼女がいるのか理解できなかった。

誰もあたしを知らない高校を選んだはずだった。

なのにどうして？

戸惑うあたしを見て、彼女は心底おかしそうに微笑《ほほえ》んでいた。

その歪んだ顔を思い出すだけで、今でも身体が震える。

今までされてきたことが脳裏によみがえる。

思い出すだけで涙が溢れてしまう。

そんな恐怖と絶望の象徴は、あたしを放っておいてはくれなかった。

『モンスターがいるのか確かめてこい！　できないなら……どうなるかわかってるよな？』

まるで奴隷に命じるような物言いだった。

当然、あたしは拒絶した。

――いやだ！　いやだよ‼

でも――叫んでも、泣いても、無駄だった。

罵声を浴びせられ、頬を叩かれ、髪を引っ張られた。

無理矢理、教室を追い出された。

そしたらすぐに教室の扉が消えてしまって、わけもわからずダンジョンの中を彷徨《さまよ》っているうちにモンスターに襲われた。
もうダメだ。
きっと、ここで、一人寂しく死ぬんだ。
そんなことを思っていたあたしを――宮真くんは助けてくれた。
あたしにとって、生まれて初めて手を差し伸べてくれた人だ。
暗く淀《よど》んだ世界に、光が生まれた。
（……いいの？　本当に、いいの？）
宮真くんは、あたしを見捨てなかった。
ダンジョンの中で一緒に行動してくれた。
こんなダメなあたしを傍《そば》にいさせてくれた。
対等に話をしてくれた。
それだけで、あたしは不思議と救われた気がした。
――そうだ。
彼はあたしを、救ってくれたんだ。
なのに――
「……さえ……ぐさ、さん……」
背中越しに、今にも消えてしまいそうな、か細い声が聞こえた。
「こ、九重さん!?」

「もどって……やま、と……くんを、たすけに……」

「だ、だけど……」

「おね……がい……」

「でも、でも……！　あたしは九重さんを助けるように、宮真くんに言われて……約束してて……」

「やま……と、くんは、たた……かって、くれ、てる」

「だけど、あたしたちが戻っても、できることなんて……」

「ある、よ……きっと、ある……」

「ないよ、何もない！　ないもん！」

あたしは、自分に言い聞かせるように、叫んだ。

無駄だ。あたしは何もできない。

今までだってそうだった。

だからきっと――今回だって。

「……まよって、るんじゃ、ないの……？」

「え？」

「たすけ、たいって……きこえた、きがした……」

「そんなこと……」

「かんが、え……よう……いっしょに……きっと、ほうほう、は……」

え……？　あれ……？

「九重さん？　ねえ、九重さん⁉」

「っ……」

大丈夫だ。

ちゃんと生きてる。

でも、早く治療しないと……宮真くんがいれば、回復魔法で……。

「もし、宮真くんを助けられたら……」

さっきから宮真くんのことばかり、考えてしまう。

ダメだダメだダメだ！

無駄なことはするな‼

あたしには、何も……。

『素直になって――』

不意に、九重さんの言葉が耳を掠めた気がした。

あたしは……本当は、あたしが本当に今したいことは――。

「あたしは、あたしは、宮真くんを――宮真くんを助けたい！」

でも、助けるための方法が思い浮かばない。

今のまま戻れば、きっと無駄死にになる。

何か、何か方法があれば――。

ステータスを確認する。

何か、何かないの……⁉

魔法、スキル――その効果の詳細を再確認する。

宮真くんに頼るだけじゃダメだ。

今のあたしにできることを必死に考えた。

獲得した魔法もスキルも少ない。

できることは限られているけれど……。

（……そうだ⁉　これなら……！）

鑑定スキルを使ったときの、あのホブゴブリンのステータス詳細で、気になることがあった。

あたしのすることは、無駄になるかもしれない。

だけど……。

だけど、あたしは――。

「ごめん、宮真くん、九重さん‼」

心の底から謝った。

これが最後かもしれないなら、あたしは――。

＊

「っ……なぁ、このあたりで逃がしちゃくれないか？」

「ウガアアァッ!!」

鼓膜を劈《つんざ》くような咆哮《ほうこう》がダンジョンを揺らす。

そして『逃がすつもりはない』と、モンスターは凶悪な笑みを向けた。

「ああ、そうかい」

遊び足りないなら、とことん付き合ってやる。

ドシン！　ドシン！　とダンジョンを揺らして、ホブゴブリンが俺に突撃する。

「くっ⁉」

ぶん！　ぶん！

鉄槌《てっつい》のような拳が振り下ろされた。

こいつの体力は無尽蔵か。

俺は動き回りすぎて、心臓が張り裂けそうだってのに。

（……もう十分時間を稼げたろうか？）

扇原の推測どおりモンスターの数には限りがあるのなら、勇希たちが助かる可能性は高いはず。

後は次の階層に繋がる通路を見つけて、このダンジョンを攻略することができれば……。

「――炎の矢《ファイアアロー》！」

俺は攻撃を避けつつ距離を取り、魔法を放とうとした。

が――発動しない。

（……魔力切れか）

どうやら、ここまでのようだ。

もう戦うための手段はない。

マジックポーションを使って、魔力を回復することも考えたが……。

（……無理だ。飲んでる暇なんてない！）

その間に殺される。

後は……限界まで逃げて、時間を……。

「――宮真くん！」

幻聴だろうか？

三枝の声が聞こえた。

ありえない。

もしここに三枝がいるとしたら、それは幻に違いない。

なのに――ホブゴブリンが振り向いた。

幻覚だ。

戻ってくるはずがないのに、

「……嘘だろ……!?　なんで……ここにいるんだよ！」

「だって、助けたかったから！」

信じられない答えが返ってきた。

「勇希と一緒に逃げろって言っただろ！」

「言われたよ。でも、聞けない」

こいつは俺の命令に逆らうような奴じゃない。

自分の意志も持つこともできない。

心の弱い人間のはずだ。

「九重さんに素直になれって言われて、やっと気付いた。あたしは、逃げたくない！　宮真くんを助けたいんだって！　もしこれが最後なら、自分の思いに素直になりたい！」

「助けるって、どうやって！　どうせ何も考えてないんだろうがっ！」

「考えなしじゃない。ちゃんと、方法はあるよ！　あたし考えたんだから！」

確かな意志。

三枝の言葉には今までにないほど感情がこもっていた。

だけど――思いだけでどうにかなるほど、現実は甘くない。

「いいから逃げろっ！　こっちはもう魔力に余裕が――」

「いい加減な気持ちじゃない！　真面目に言ってるの！　お願い宮真くん、信じて！　あたしを信じて、この化け物に魔法を撃って！」

何回も撃ってる。

だが、ダメージを与えてもすぐに回復されてしまう。

俺の攻撃力じゃ、この化け物の回復速度を上回れない。

「っ……」

ゴブリンが俺を無視して、三枝たちに足を向ける。

「三人が助かる方法はあるよ！」

「だとしても、もう魔力切れだ！」

「あたしが時間を稼ぐから、マジックポーションを使って！　そうしたらすぐに攻撃魔法を使ってね！　約束だから！」

三枝は勇希を下ろして、ホブゴブリンに捨て身で突進していく。

完全な自殺行為——そのはずなのに、三枝の表情は、諦めている人間の顔ではない。

何があったのかはわからないが、今の彼女は——生きるために戦おうとしている。

「クソッ！　信じるからな三枝っ‼」

三枝が作ってくれた時間くらい——三枝の言うとおりに使ってやる。

俺はマジックポーションを取り出して、一気に飲み干した。

同時に、ホブゴブリンの拳が三枝に迫る。

「ひいいいっ⁉」

だが、狙ってやったのか——いや、多分偶然だと思うが、ホブゴブリンの股に滑り込むようにして拳を避けた。

「三枝、撃つからな！　——炎の矢《ファイアアロー》‼」

俺は魔力が回復した確認などせず、すぐに魔法を放った。

瞬間——赤い焔《ほのお》がゴブリンに迸る。

「ありがとう、宮真くん！　あたしを信じてくれて！　――属性付与《エンチャント》――水《ウォーター》!!」

その赤い一矢がゴブリンを直撃する直前、三枝が魔法を使った。

それは対象に属性を付与する魔法。

属性を付与する対象は俺の放った魔法――矢がまとう炎は水へと変化し、水属性の魔法としてゴブリンに直撃した。

「アガアアアアアアアアアアアアアアアアアアアアア!?」

効果があったのか、ホブゴブリンが今までにないほどの絶叫を上げる。

「なんで……？」

「ホブゴブリンは土属性――そして弱点は水」

「そうか！　だからダメージが……！」

矢で貫かれた傷も、回復速度が遅い。

今なら――。

俺の考えに気付いたのか、三枝は頷く。

三枝が作ってくれた、たった一度きりのチャンス――生きることを諦めていた俺の心に、微《かす》かな希望が芽生えた。

「ありがとうな、三枝。でも、頼みを聞いてくれなかったことは、恨むからな」

「いいよ、恨んで。もしこれで死んだとしてもあたしは、それに九重さんも、きっと後悔なんてしないから！」

勝手なことを――でも、

「うああああああああああああっ‼」

やってやる！

俺は全力で走った。

ホブゴブリンの身体に空いた大穴は、まだ塞がっていない。

接近する俺を警戒するが、ダメージが大きいのか動きは遅い。

「ありったけだっ！」

俺は攻撃を避けると、至近距離から傷口目掛けて炎の矢《ファイアアロー》を連発した。

ばかのひとつ覚えみたいだな。

でも、今の俺にできることは――これだけだ。

「くらええええええええええっ！」

「グアアアアアアアアアッ⁉」

俺とホブゴブリンの絶叫が重なる。

炎の矢《ファイアアロー》のダメージが重なり、傷口が大きく開いた。

俺はその開いた傷口に拳を叩き込み――

「ファイアアアアア――アロオオオオオオオオオオオッ！！！」

ホブゴブリンの体内に、炎の矢《ファイアアロー》を叩き込んだ。

ぶわああああああああっ‼

化け物の全身に炎が回り――

「…………」

炎をまとった肉体から光の粒子が舞うと、ホブゴブリンの身体は消失していくのだった。

「……勝った……のか？」

「た、多分……？」

俺も三枝も、まだ実感は湧かない。

「かった……んだよ」

今にも消えてしまいそうな小さな声。

それは、壁にもたれてうなだれる勇希のものだった。

そして――。

『階層ボスが討伐されました』

ダンジョン全体にシステム音が響いた。

『あなたのレベルは8に上がりました。また条件を達成したため、オリジナルスキルのレベルが1に上がりました』

どうやら間違いなく、俺たちはホブゴブリンを倒したようだ。

安堵《あんど》したように、勇希の身体が地面に崩れ落ちた。

俺と三枝は大慌てで駆け寄る。

「……だ、大丈夫。すっごく、全身が痛い、けど……死ぬほどじゃ、なさそう」

「すぐに回復してやるから――」

だが、今は治癒《エイド》を使ってやる魔力がなかった。

「あ～くそっ！　こんなときに！」

「だい、じょうぶ……っていうのは、やせ我慢かも……」

勇希の口からこれほど弱気な言葉が漏れるのだから、よっぽど痛いのだろう。

＊

俺は魔力が回復してすぐに、勇希に治癒《エイド》を使った。

「ありがとうね、大翔くん。なんだかいつもよりも、身体の調子がいい感じだよ！」

そう言って、勇希はぴょんぴょん飛び跳ねる。

「大怪我《けが》してたんだから、あまり無理するなって」

「そ、そうだよ九重さん。もしかしたら傷が開いちゃう可能性だってあるかもだし……」

「……もうすっかり良くなったよ。魔法って本当にすごいよね。改めて実感しちゃった」

「本当にな……」

回復手段を持てた安心感は大きい。

とはいえ、一番は傷を負うことなくモンスターとの戦いに勝利することなのだが。

「――ところで大翔くん」

言って、勇希が俺に迫ってきた。

「な、なんだ？」

「私は怒ってるよ」

ぷん。と頬を膨らませる。

その姿は可愛《かわい》らしくて、怒ってるようには見えない。

「なんでか、わかってるよね？」

「……多分……？」

本当はわかっているのに、惚《とぼ》けてしまった。

「多分⁉　大翔くんが約束を破ったから私は怒ってるんだよ！　無理をしないって約束したよね！」

「……した、か？」

「したの！　なのにどうして、大翔くんは平気で約束を破るのかな？」

勇希のことが大切だからだ。

なんて……正直に言えるはずもない。

「九重さん、あまり怒らないであげてよ」

「でも……！」

「宮真くん、本当に必死だったから……必死に九重さんのことを助けようとしてたんだよ」

三枝が、怒られる俺をフォローしてくれる。

「……助けてくれたのは感謝だけど……それでも、大翔くんだけが無理をするのは納得できないの」

「気持ちはわかるけど……元はと言えば、あたしが宮真くんに言われるままに逃げちゃったのが悪いんだもん。だから九重さん！　怒るなら逃げだしたあたしにも怒って！」

「え……？　三枝さんに？」

三枝にじっと見つめられ、勇希は助けを請うように俺を見た。

「……三枝を怒るなら、それは俺の役目だろ？　最後の頼みを聞いてくれなかったんだからな」

三枝が俺の『命令』を無視したのは完全に想定外だった。

まさか俺を助けに来るなんて……。

「……ごめんね、宮真くん。でもあたし、あのときだけは自分で考えて行動したんだ。宮真くんを助けたかった。絶対に助けたいって思った！　だから後悔はしてないし、結果的に助けられたことが嬉《うれ》しかった。あたしみたいなダメな子でも、誰かを助けられたら、生きてる価値があったのかなって……そう思えたから。大嫌いな自分のこと、少しだけ好きになれた気がしたんだ」

控えめな笑みを見せる三枝。

でも、その表情はどこか満足そうだ。

他人の力になれたことが、自信に繋がったのだろうか？

どんな心境の変化があったのかはわからないが、俺に言えるのはひとつだけだ。

「生きてる価値なんて、他人が勝手に決めていいもんじゃないだろ？　それを決めていいのは自分だけだ。だから、自分で自分を認めてやれたんだとしたら、そいつの人生には間違いなく価値があるんじゃないか？」

少なくとも、三枝に助けられた俺は、彼女の人生に価値がなかったと言えるはずがない。

俺にもいつか……自分の人生に価値があると思える日がくるのだろうか？

三枝を見ていたら、そんなことを思った。

「……宮真くん……。……うん、ありがとう。そう言ってもらえると、救われた気分だよ」

「救われたのは俺のほうだ。助かったのはおまえのおかげだ。だから——ありがとな」

「……感謝してくれるならひとつお願い。——約束を破ったこと……恨んでいいって言ったけど、やっぱり恨まないでね」

「……わかった。その代わり、おまえを助け続けるって約束もなしだからな」

「え!? それはやだ！ これからも仲間でいさせてよぅ……！」

三枝は泣きそうな顔で俺を見る。

こいつは信用できる。

自分の命を懸けて、俺を助けようとしてくれた。

だから——

「冗談だよ。これからもおまえの力になる。困ったことがあったら助ける。約束する」

今日だけで、二度も助けられた。

だからその分の恩は必ず返す。

俺は自分の心にそう誓った。

「……ほんと？」

「本当だ。これからもよろしく頼む」

「う、うん。え、えと……す、末永く、よろしくお願いします」

「三枝さん……それは何か違うと思うな」

「え……あっ!?」

耳まで赤くなる三枝に、俺と勇希は顔を見合わせ苦笑した。

＊

なごやかなムードも束《つか》の間《ま》。

「体力も回復できた。そろそろ探索を再開しよう」

「この後はどうするの？　最初の予定どおり２組の教室を目指す？」

三枝の問いに対して、俺は首を振った。

「いや……その予定は変更だ。あのときとは状況が違う」

「ダンジョンの攻略条件がわかったもんね」

「攻略条件……って――あ、そっか！」

勇希が言うと、三枝は納得したように頷いた。

どうやら彼女も、ダンジョンに響いたあのシステム音を思い出したようだ。

確か、内容はこうだ。

『5組の生徒が2階層に繋がる【扉】を発見しました。よって5組は第1階層攻略完了となります』

これが事実なら、その扉を発見すればいい。

既にトップでの攻略は無理だが、今から攻略を急げばビリになることはないはず。

扇原たちの推測が正しければ、ダンジョン攻略の際に得られるポイントはこの世界を生きていくうえで重要なものになるはずだ。

ビリになればペナルティがある以上、モタモタしている暇はない。

ダンジョンに間違いなくゴールが設けられているのなら、地道に通路を潰していけば必ず見つかるはずだ。

（……三枝のマッピングスキルがあるのだから、それを有効活用させてもらおう）

モンスターに遭遇する可能性を考慮しつつも、俺たちは慎重に進んでいく。

「……扇原さんたちは、裏切ったわけじゃないよね？」

歩きながら、三枝がこんなことを聞いてきた。

「どうだろうな……」

短く返事をする。

あの状況で消えられるのは、裏切られたようなものだ。

「扇原さんたちは班を二つに分けて行動してるって言ってたから、もうひとつの班が攻略条件を満たしちゃったんだと思う」

「……そっか。そうだよね！　あたし、裏切られたのかなって思っちゃって……」

「そんなことないよ。扇原さんは人を故意に傷つけるような人じゃないと思う」

故意でなかったとしても、俺は扇原たちを許せなかった。

何より——扇原と協力関係を結んだ自分自身を許すことができそうにない。

いや、あんなのは協力ですらなかった。

一方的に利用されただけだ。

その結果、俺のせいで勇希と三枝を危険に晒すことになった。

もう二度と、甘い考えは持つな。

同じ人間であろうと——あいつらは敵だ。

（……必ず……俺たちを利用した報いは受けてもらう）

目には目を、歯には歯を——裏切りには裏切りを……。

まだ算段がついたわけではないが、扇原子猫が一番苦しむ方法で使い潰してやる。

「大翔くん？　どうかした？」

「考えごと？」

勇希と三枝が俺の顔色を窺《うかが》ってきた。

「ああ……2階層に繋がる扉はどこかなってな」

とっさに適当なことを口にした。

二人に聞かせたい話ではないからな。

「きっともうすぐ見つかるよ！」

「だよね！　少しずつだけどマップも埋まってきたし！」

俺を元気付けるように二人は笑った。

「そうだな。この調子で探索を続けよう」

俺の考えを知れば、勇希はきっと悲しみ、反対するだろう。

だが、三枝はどうだろう？

彼女は……いや、考える必要はないか。

二人に俺の考えを伝えるつもりなんてないのだから。

＊

戦闘を終えてから結構な距離を歩いている。

さっきから、おかしなくらい身体が軽い。

疲労や空腹感はあるが、決して調子は悪くなかった。

（……もしかして）

ボスを討伐してレベルが大幅に上昇したことが関係しているのか？

＊

○ステータス

名前：宮真　大翔　年齢：15歳
レベル：3 → 8
体力：50 → 110　魔力：38 → 102
攻撃：32 → 81　魔攻：30 → 75
守備：17 → 53　魔防：15 → 51
速さ：25 → 67

・魔法：炎の矢《ファイアアロー》　：治癒《エイド》1
・オリジナルスキル：一匹狼《ロンリーウルフ》1
・スキル：気配遮断1　：気配察知

＊

俺はステータスを確認していた。
（……一気に5レベルアップか）
それに、オリジナルスキル――【一匹狼《ロンリーウルフ》】がレベル1になったんだっけ。
改めて効果を確認する。

＊

○オリジナルスキル：一匹狼《ロンリーウルフ》
効果時間は十五分。

対象に対する自身の全能力値が10倍。

発動状態は獲得経験値量10倍。

効果発動時にレベルアップした際、マジックポイントとスキルポイントの獲得量10倍。

各階層で一度しか使用できない。

*

（……あれ？）

オリジナルスキルのレベル1の条件は、クラスメイトの協力なしでボスモンスターを討伐と記載されていた。

しかし、ボスとの戦闘には勇希と三枝、そして5組の面々も参加している。

なのになぜ、このスキルが獲得できたのだろうか？

勇希が戦闘から離脱したからか？

与えたダメージ量なども関係している？

それ以外にも、何か別の理由があるのかもしれないが……とにかく、オリジナルスキルのレベルは上がった。

これは大きなメリットだろう。

実際に使って効果を確かめたいが……発動による効果時間は十五分。

さらに各階層で一度しか使用できない。

この二つの制限がある以上、使うタイミングは強敵《ボス》との戦闘時になるだろう。

「大翔くん、三枝さん、あれって！」

「――扉だ！」

入ったフロアの最奥に荘厳な扉があった。

教室とダンジョンを繋ぐ木製の扉とは違う。

石で形作られているこのダンジョンの中では、かなり異質な感じだ。

「これで、この階層はクリア……になるんだよね？」

「うん。そのはずだよ！」

「とりあえず、進んでみよう」

そう言って、俺が扉に触れると――

『1組の生徒が2階層に繋がる扉を発見しました。よって1組は第1階層攻略完了となります』

5組のときと、同じシステム音が聞こえた。

「どうやら、扉に触れるとクリアになるらしい」

「……じゃああたし、ここで宮真くんたちとも……」

三枝は不安そうだった。

考えてみればこいつは……この1階層をクリアしても、自分を追い出した2組の生徒と一緒に過ごさなくちゃならないのか……。

この世界じゃ教室にいる限り逃げ場はない。

「……三枝……約束を忘れるな。何かあったら――」

俺を頼っていい――。

『今から1組に所属する生徒を2階層に強制転移します』

その言葉を伝えることはできぬまま……。

「あれ……？」

「ここは……？」

俺は周囲を見回す。

するとそこには、久しぶりに見るクラスメイトたちの顔があった。

どうやら俺たちは、

「……大翔くん……私たち戻ってきたんだね」

隣から聞こえてきた勇希の声で確信する。

俺たちは生きて教室に生還したということを。

第四章　2階層攻略

「こ、九重《ここのえ》⁉」

「なんでいきなりっ⁉」

強制転移《ワープ》してきた俺たちを見て、クラスメイトたちは驚愕《きょうがく》する。

その中で一人だけ冷静に口を開いた男がいた。

「さっきの放送が関係しているんじゃないかな？」

数時間ほど前に見た爽やかな好青年――名前は確か……大弥秀《おおやしゅう》だったか？

「1組が階層攻略したって放送されたよね？　でも僕たちはこの教室からは出ていない。つまり、九重さんたちがダンジョンを……？」

大弥が俺たちに目を向けた。

こいつは、しっかりと状況を把握できているようだ。

が、クラスメイトたちが一度も教室から出ていないというのは驚きだ。

現状に戸惑うばかりで何もしなかったのは愚かすぎる。

誰かが問題を解決してくれると思っているのだろうか？

「九重さんたちが？　でも、ダンジョンにモンスターがいたんでしょ？」

「野島《のじま》くんはそう言ってたよね？」

野島と呼ばれたのは三白眼の不良男だ。

「う、嘘《うそ》なんか言っちゃいねえぞ！　オレは――オレは確かに見たんだ！　あの化け物どもを！」

「落ち着いてくれ、野島くん。みんな、君が嘘をついているなんて思ってないよ」

荒っぽい態度は変わらないが、何かぶつぶつと呟《つぶや》いている。

少しヒステリーを起こしているようだ。

モンスターに襲われた恐怖が、トラウマになっているのかもしれない。

「もしダンジョンを攻略したのが九重さんたちなら、何があったのか説明してくれないか？」

大弥の言葉に反応し、俺たちに視線が集まった。

何もしなかったこいつらに、命懸けで手に入れた情報を伝えるのは腹立たしい。

だが今後を考えれば情報共有せざるを得な――

「こんにっちゃ～～～～！」

俺の思考に割り込むように、教室の扉が開いた。

生徒たちは一瞬にして静まり返る。

「お久しぶりの担任ちゃんで～す！　ホームルームのお時間だよ～！」

喧《やかま》しい声と共に――担任の着ぐるみが、教室に入ってきたのだ。

「おめでとうおめでとう！　ワタシの可愛《かわい》い生徒たち！　あなたたちは二位通過でした～！　上々な滑り出しに、ワタシはワオって驚愕！　びっくり仰天しちゃったよ～！」

楽しい催しを見ましたという態度は、俺の神経を最高に逆撫《さかな》でしてきた。

「さてさて、前の放送で言っていたことを覚えてるかな？　ダンジョンを攻略するとポイントが支給されるよ～。二位通過の1組にはクラスが共通で使える500ポイントをプレゼント！　ポイントは階層攻略と同時に、毎回振り込まれるからね～」

苛立《いらだ》たしい気持ちを抑えて、俺は教壇に立つ着ぐるみを見守った。

このポイントから、どんな恩恵を受けられるのか。

生き抜くために必要となる情報を、聞き逃すわけにはいかない。

「このポイントが何に使えるか。気になってる？　気になっちゃってるぅ～？　気になっちゃってるよねぇ～？　じゃあ――教えてあげる。このポイントはこの世界におけるお金みたいなものなんだ。つまり～、お買い物ができちゃいま～す！　これは物欲を満たすチャ～ンス！」

扇原《おうぎはら》たちが推測していたとおり、ポイントは物資と交換できるようだ。

後は具体的に何が買えるかが気になる。

「ちなみに教壇側の扉――今、ワタシが入ってきたほうね。そこはキミたちが生活する場所――タウンに繋《つな》がってま～す！　これは1階層をクリアしたクラスへの報酬だよ。ポイントは一切消費してないから安心してねん！　だけど、まだタウンにはなんにもないんだ～」

タウン？　一体、どんな場所なのだろうか？

疑問は増えていくばかりだが、担任は質問する間すら与えてくれない。

「そこでポイントの出番ってわけ！　なんとなんと、ポイントを使うことでいろいろなものが買えちゃいます」

「具体的には家具を買ったりとか〜。シャワー室を備え付けたりとかだね！　こういうのは、女の子のほうが必要なんじゃないかな？」

人間らしい生活の保障――そのためにポイントを使うというわけか。

（……ふざけやがって）

死にたくなければ――ダンジョンを攻略しろと言われてるようなものだ。

「それと、みんなが気になっているのは食料の問題だよね？　ご安心を！　それもばっちりポイントで買えちゃうよ！」

「じゃあ……ポイントがあれば、死ななくて済む……？」

誰か……女子生徒の声が聞こえた。

「そうだよ〜。ポイントがある限りは、ここでの生活は保障されてるってわけ！」

担任に【生活は保障】と明言され、張りつめていた空気が緩む。

だが、それは問題解決にはならない。

【言葉】の魔法は恐ろしい。

使い方次第で、これほど簡単に集団心理を操作することができるのだから。

一時凌《いちじしの》ぎにしかならないと理解し、正しい行動を選択できる生徒はどれだけいるだろうか？

「あと、ポイントは物を買うためだけに使えるわけじゃないからね〜。何を買うかはみんなで相談して決めること！」

クラスに与えられた共通のポイント。

つまり、個人が自由に使えるわけではないというのが面倒だ。

「とりあえず、今開示できる情報はこんなところかなぁ～。物資を購入するために必要なポイントはステータス画面の物資から確認してねん！　それじゃあ、何かあれば放送で知らせるから！　ちなみに2階層は全クラスが1階層の攻略を終えてからスタート。それまでは休憩タイムなのだ！

みんな、ゆっくり休んでおくようにね～」

話を終えて、クマはのしのしと扉に向かって歩き出した。

と、思ったら急に足を止める。

「あ……忘れるところだった。ボスモンスターを討伐したMVPには特別ポイントが支給されるよ。これはクラスではなく個人に支給されるの！　がんばった結果ってことだね～！　ってなわけで、今からMVPを発表します。――じゃんじゃらじゃらじゃらじゃら――」

担任は口頭で音を鳴らし始める。

どうやらドラムロールのつもりらしい。

そして、口頭ドラムロールをしばらく続けた後、

「MVPはキミ――宮真大翔《みやまやまと》くんだ～～～！　は～いみんな拍手拍手～～～！」

俺の名前を口にした。

当然だが、生徒たちは唖然《あぜん》とするばかりで、誰も拍手なんてしない。

「え、MVP……？」

「あの人が……？」

クソグマが余計なことを言いやがったせいで、変に注目が集まる。

何も言わずに出ていけば、俺がボスを倒したことを知られずに済んだのだが……。

「え～と……他には～……そうそう！　ダンジョンで受けた傷や耐久力の減った装備は、階層攻略と同時に回復するよ～。ただし、消滅しちゃった場合はどうしようもないからね。じゃあ話は以上！　先生は行きま～す！　みんな、またね～ん！」

言いたいことを伝えると、その場でくるっと一回転し嵐のように去っていった。

＊

担任が去って少しすると、生徒たちは騒がしさを取り戻していった。

「ポイントが入って良かったね！」

「ほんとな。マジでどうなるかと思ってたけど……」

「これならどうにかなりそうじゃない？」

話題は当然、得られた５００ポイント――それの使い道についてだ。

「ポイントで何を買おうか？」

「お腹《なか》すいちゃったから何か食べたいな～」

「わたし、お風呂入りたい」

皆、欲望のままに口を開く。

この調子のまま好き放題使っていたら、ポイントは一瞬でなくなるだろう。

「みんな、聞いてほしい。いろいろと欲しいものはあると思うけど、限られたポイントですべてを買うことは難しいよ」

「あ……そうだよね。500ポイントしかないんだもん……」

大弥の発言に、騒いでいた生徒たちが意気消沈した。

「だけどよ大弥、食料は絶対必要だろ！」

「そうだよ！　何も食べられず餓死するなんて絶対いや！」

「が、餓死……って、う、嘘でしょ⁉　わたしたち、餓死するかもしれないの？」

なぜ、限られたポイントしかない＝餓死になるのか。

こいつらは、大弥が言いたいことを理解できていないようだ。

「みんな、落ち着いて！　私たちは餓死なんてしないよ！　ポイントがあれば食料は買える！　無駄に使うことができないのも事実だけど、だからこそ今何が必要なのかみんなの意見をまとめたほうがいいと思う」

「僕も九重さんの言うとおりだと思う。生きていくために必要なものをまとめていこう。それと、タウンの状況を確認しておきたい」

勇希《ゆうき》と大弥がクラスメイトたちをまとめていく。

「で、でも……タウンって場所にも、モンスターがいるかもしれないんじゃ……」

「それは大丈夫……と、考えているんだけど……わかった。不安な人もいると思うから、まずは言い出した僕が様子を見てこようと思う」

ダンジョンの探索には出なかった大弥だが、やはり判断力、行動力がないわけではないらしい。

俺もタウンにはモンスターは出ないと考えている。

絶対に……とは言い切れないが、理由があるとすれば担任の発言には今まで嘘がないことだ。

これからも絶対にないとは言い切れないが、タウンで俺たちを襲わせるメリットはないだろう。

担任が俺たちを利用したいのであればなおのことだ。

「だったら、私も一緒に行く！　大弥くん一人に負担を掛けるわけにはいかないよ」

だあああああああっ!?

ちょっと待て！

勇希の奴《やつ》、なんで立候補してんだ!?

危険はないと思うが……絶対じゃないんだぞ！

「ありがとう、九重さん。他にも付いてきてくれる人はいるかな？」

「……同行していいか？」

俺も立候補した。

最初からタウンの探索はするつもりだったし、勇希が行くなら仕方ない。

「助かるよ。えと……」

「……宮真大翔だ」

「宮真くんだね！　よろしく！」

大弥は人当たりのいい笑みを俺に向けた。

俺が善意から、タウンの探索を申し出たと思っているようだ。

「オレも行くぜ」

意外な人物が声を上げた。

三白眼の不良男だ。

なぜ今になって声を上げたのだろうか？

気になって目を向けると、目付きの悪い三白眼に俺は睨《にら》まれた。

「ありがとう。野島くん、よろしくね！」

「おう」

不良男はぶっきらぼうに言って頷《うなず》いた。

「それじゃあ、タウンにはこの四人で――」

「あの……ボクも、一緒に行っていい？」

ボク……という一人称であったが、声を上げたのは女の子だった。

青みがかった白い髪と雪のような白い肌――小柄ではあるが、その日本人離れした容姿は非常に目立つ。

もしかしてハーフ……か、クォーターなのだろうか？

「此花《このはな》さんだったよね。ありがとう、それじゃあこの五人で一緒に行こうか。僕たちがタウンの調査に行く間に、みんなは何を購入すべきか、自分の意見をまとめておいてほしい」

大弥はそう伝えて、席を立った。

俺たちもそれに続く。

タウンに繋がっているのは教壇側の扉と言っていた。

「それじゃあ行こうか」

大弥の言葉に俺たちは頷いた。

扉を開く。

するとその先は別の建物の室内に繋がっていた。

タウンなどと担任は呼んでいたが……決して町や都市があるわけではなかった。

「なんだこりゃ？」

「ダンジョンとは違うみたいだね」

野島と勇希があたりを見回す。

そんな中、

「もしかして……ここって……？」

「此花さん、何か知ってるのかい？」

「……返事は、ここを探索してからでもいいかな？」

何やら思い当たることがあるらしいが、此花は答えを保留した。

確かめたいことがあるのだろう。

「わかった。此花さんの判断で話してほしい」

大弥がそう伝えた後、俺たちは建物の中を進んだ。

今のところ魔物の気配はない。

建物を入ってすぐ左の扉を開くと、かなり広い部屋に繋がっていた。

しかし、その一室はがらんどうだった。

「マジでなんもねぇんだな」

「最低限、家具を購入する必要はあるかもしれないね」

「大きなテーブルを買って、ここを共同スペースにするといいかも！」

会議などに使うのはありかもしれない。

のちのちのトラブルを避けるために、タウン内の各フロアをどう使うのか……というのも、相談して決める必要がありそうだ。

「……やっぱり、階段があるんだ……」

少し離れた位置から、此花の声が聞こえた。

彼女は左奥の扉を開き、その先を見つめている。

「え？　階段があるの？」

「……うん。みんな、この先に進んでいいかな？」

扉の先には階段があった。

一体、上の階には何があるのだろうか？

「……わかった。上に行くなら、みんなで行こう」

大弥を先頭に俺たちは階段を上った。

そして2階に到着。

3階へも進む階段が続いていたが、俺たちはこの階を調べることにした。

2階は左右に通路が分かれている。

特徴的なのは一定間隔で扉があることだ。

しかも扉には番号が付けられていた。

まるでアパートやマンションのようだ。

「……構造も同じなんだ」

「ん？」

いつの間にか、俺の右隣には此花が立っていた。

「んだよ？　おまえ、なんか知ってんのか？」

なぜか、左隣には不良男もいる。

「……確信はまだ持てないから」

「ああん？　もったいぶってんじゃねえぞ。宮真くんも、そう思いませんか？」

「え……あ……」

なんで敬語？

いきなり俺に話を振られて、思わず言葉に詰まってしまう。

「……ガサツなキミと違って、ヤマトは無理に話を聞き出すような人じゃないよ」

い、いきなり呼び捨て⁉

「んだと⁉　テメェ、喧嘩《けんか》売ってんのか！」

「そんなつもりはないよ。ただ本当のことを言っただけさ」

野島と此花が睨み合う。

この二人は相性が良くないかもしれない。

「と、とりあえず、中を確認してみるか」

話を変えるために、俺はドアノブに手を掛けた。

鍵は掛かっておらず、そのまま扉は開くことができた。

「……おお！　ベッドがあるじゃねえかっ！　見てくださいよ、宮真くん」

目を輝かせながら、野島は部屋に飛び込んだ。

そして――ボフン。

ベッドにダイブしていた。

「やっぱり、ここって……」

対して此花はその場に留まり、ゆっくりと部屋の中を確認した。

やはり家具はほとんどない。

少しボロい……とはいえ、ベッドがあったことが意外だ。

「……此花……さんは、何か知ってるのか？」

「此花彩花《さいか》。ボクのことは彩花でいいよ」

そう言って、彼女は口元に花を咲かせる。

会ったばかりの女の子を呼び捨てにすることが、どれだけ高難度であるか彼女は理解していないらしい。

「……此花で勘弁してくれ。それで、さっきの質問の答えなんだが……」

「彩花！」

此花が青い瞳で俺をじっと見つめた。

「呼び捨てにしてくれたら、ボクが気付いたことを教えてあげるよ」

そう言ってイタズラな笑みを浮かべる。

彼女の狙いが何かはわからないが……これで機嫌を損ねられても困る。

俺は要望に応える努力をした。

「……さ、彩花、質問に答えてくれるか？」

「もちろんだよ、ヤマト。ボクは約束は守るからね」

此花は満足そうに微笑《ほほえ》んだ。

そして饒舌《じょうぜつ》に語り出す。

「ここに入ったときからもしかしたらとは思ってたんだけど、建物の構造が学生寮と全く同じみたいなんだ」

「学生寮……？　うちの高校のか？」

「うん！」

此花は寮生だったのか。

「ここが本当に学生寮なら、誰もいないのはおかしくないか？」

「ボクもそれが気になってた。生徒はともかく、寮の管理人もいないいんだよね」

それどころか、ここには人の気配すらない。

だとすると、ここは……。

「学生寮を模して作った施設……ってところか？」

「その可能性が高いと思う。ボクたちを攫《さら》った組織は、とんでもない力を持っているみたいだね」

とんでもない力——そう言われて、俺は担任の姿を思い出す。

あれは間違いなく常軌を逸した存在だ。

いや、あいつらだけじゃない。

ダンジョン、モンスター、ステータス、魔法、スキル——すべてが現実ではありえないものだ。

それでも、これは夢じゃない。

怪我《けが》もすれば痛みもある。

一歩間違えれば次の瞬間には死ぬことになる。

俺たちに与えられた現実だ。

なら、抜け出すにはどうしたらいい？

言われるままにダンジョンを１００階層まで攻略するか？

そんなことができるのか？

1階層ですら死にかけたこの状況で？

仮に攻略できたとしても、それで終わる保証はない。

担任たちが俺たちを助ける保証もないだろう。

だとしたら——。

（……あいつらと対等に交渉できる力を手に入れるしかない）

担任たちなら、俺たちが元の世界に帰るための手段を知っているはずだ。

そのためには、もっとダンジョンを探索してレベルを上げなくては……。

「ねぇ、ヤマト！　ねぇってば！」

「——え？」

「ずっと呼んでたんだけど、聞こえなかったの？」

「……すまん。少し考えごとをな……」

「眉間に皺《しわ》寄せて難しい顔してたもんね。まぁ……こんな状況じゃ仕方ないけど……ちょっと話を聞いてもらってもいいかな？」

「他に情報があるのか？」

「残念ながらそうじゃない。……あのねヤマト。ボクはキミに聞きたいことがあって、ここの探索に立候補したんだ」

「聞きたいこと？」

「ボクたち1組はダンジョンを攻略したことになった。それは——ヤマトの力なんじゃない？　ボスを討伐したのはヤマトだって担任は言ってたもんね」

探られても大したことはないが、なぜ此花はそんなことを気に留めているのだろうか？

「俺は何もしてないよ。5組が一位通過したのは知ってるだろ？　九重がうまく5組の連中と協力関係を結んでくれたんだ。そのおかげでボスも倒せたし、俺たちはダンジョンを攻略できた」

あくまで九重勇希が中心となり行動した。

その前提で俺は話をする。

実際、ボスモンスターとの戦いではいろいろあったが、現時点でそこまで話す必要はないだろう。

「……そうなんだ。ココノエさんは人付き合いも得意そうだもんね。他クラスと協力関係を築いたっていうのは本当っぽいかな」

「納得してくれたか？」

「してないよ……。でも、ヤマトのことひとつだけわかったよ」

「何がだ？」

「キミが嘘つきだってことがよくわかった」

嫌味のない笑みを向ける。

此花は俺のことを全く信用していないようだ。

「じゃあもういいか？　嘘つきと話しても意味ないだろ？」

「意味はあるよ。ヤマトは意味のない嘘をつかないでしょ？　それはまだボクを信用してくれていない証拠でもある」

「……会ったばかりの相手を全面的に信じられる奴がいたら、それはとんでもないばかだぞ？」

「ふふっ、今の状況では余計にね。だからボクは、これからヤマトに信じてもらえるように行動する。もし役に立つと思ったら、そのときはキミの下僕《げぼく》にしてほしい」

「……は？」

「ダメかな？　だったら奴隷でもいいよ」

下僕からさらにグレードダウンしていた。

「……おまえ、頭大丈夫？」

「ヤマトひどいよ。普通、女の子にそんなこと言う？」

ぷくっと膨れる此花。

こうしていると可愛い女の子に見えなくはないが、発言はただの変態かもしくは異常者だ。

「とりあえず――キミに信じてほしいから、もうひとつ情報提供」

此花が俺に近付き、耳元に唇を寄せる。

「な、なんだ？」

「オリジナルスキルって知ってる？」

「っ……」

思わず反応してしまう。

「知っているんだね、ヤマトも……」

「……5組の扇原という生徒が、オリジナルスキル持ちだった」

俺はとっさに言い訳を口にした。

「へぇ……やっぱりボク以外にもいるんだ。ちなみに――ボクもオリジナルスキルを獲得してる」

そして此花は俺に顔を近付け耳元で呟いた。

内容は――自身の【オリジナルスキル】の詳細について。

「どう？　役に立ちそうでしょ？」

「なぜ話した？　力の詳細を他人に伝えて、メリットがあるのか？　効果を考えればデメリットしかないだろ？」

「奴隷だからね！　ご主人様に尽くさないと！」

「あのな……ふざけるのも大概にしてくれ。一体、何が狙いだ？」

「単純にヤマトと仲良くなりたいっていうのもあるけど……どんな形でもいいから、キミの傍《そば》にいたい」

「……その理由は？」

「キミに一目惚《ひとめぼ》れしたからさ！」

「…………」

「って、うそうそ！　そんな蔑むような目で見ないでよ！　単純明快な目的――ボクがこの世界で生き残るためさ」

「俺の傍にいることが、生き残ることに繋がると？」

「少なくとも他のクラスメイトに比べたらね。そう思ったから、ボクの力について話したんだ」

非常にわかりやすい理由だ。

此花の持つ力を考えれば、手を組むメリットも大きい。

だが……。

「……どうして、下僕や奴隷になるなんて言ったんだ？」

「ボクみたいな可愛い子を好きにできたら、男の子は嬉《うれ》しいだろ？」

「……は？」

「性欲は次第に愛情に変わりキミはボクを好きになる。愛する人を守らざるを得なくなる！」

大真面目に言っているが、発想が飛躍しすぎだ。

「……知らない？　恋愛感情は性欲があるから成立するんだよ？」

「はぁ……もういい。とにかく奴隷って件はなしだ。ただ……生き抜くために手を組んでもいい」

「そう言ってくれると思ってた」

無邪気な子供みたいな顔で此花は笑った。

どこか飄々《ひょうひょう》としていて油断ならないが、こいつの持つ力が役立つのは事実だ。

裏切られる可能性はあるが、他のクラスと協力するよりもデメリットは低い。

何より――生き残るためという理由に関しては嘘ではないだろう。

自殺志願者でもない限りは、死にたいはずがないからな。

「ありがとう。今はそれだけ聞ければ十分」

彼女のオリジナルスキル――その使い道はいくらでもある。

「……ところで、さっきから野島が黙ってるみたいだが……?」

「カレなら寝てるみたいだよ」

ｚｚｚ……というイビキがベッドから聞こえてきた。

疲弊しているとはいえ、こんな状況でよく眠れたもんだ。

神経が図太いというのは、羨ましい。

皮肉抜きに俺はそう思った。

＊

部屋を出た後、勇希たちにここが学生寮と同じ構造であることを伝えた。

「寮と同じならこの建物は5階建て。1階は食堂とかお風呂とか……まぁ、いろいろと寮の施設があったね。2階から5階は寮生の部屋になってる」

此花のおかげで寮の構造はおおよそ把握できた。

そのうえですべての階を調べる。

ここまでモンスターとは一切遭遇していない。

気配も全くないため、タウンの安全は確保されていると考えて間違いなさそうだ。

が、まだまだ問題は山積みだ。

「……構造は同じだけど設備が一切ないんだよね。浴室すらまるまる抜けちゃってるもん」

此花が口に出して指摘する。

風呂やトイレはもちろんだが、水道もなく飲み水すら確保できない。

「……これって……ポイントで購入しろってことだよね」

勇希に問われて俺は頷いた。

ポイントの重要性を否応《いやおう》なく意識させられる。

「物資の購入については僕たちだけで決められることじゃないから、みんなと話し合って決めよう」

「あのよ……前から思ってたんだが、オメーが仕切ってんじゃねえぞ」

大弥の提案が気に入らないのか、不良が噛《か》み付いた。

「気に障ったら謝るよ。でも、こんなときだからこそ誰かが率先して……」

「だから、そういう役目はリーダーがやるもんだろうがっ！　ね、そうですよね！　宮真くん！」

は？　なんで俺に話を振るんだ？

「わかってんのか大弥？　宮真くんがいるんだから、オメーが出しゃばんじゃねえよ」

「え？」

このヤンキーは何を言ってるんだ？

クラスリーダーはどう考えても大弥だろ。

俺がクラスをまとめるような人間に見えるのか？

「……わかった。確かに宮真くんになら任せられると思う」

「はぁ!?」

大弥まで何を言ってるんだ？

気は確かだろうか？

「んだよ。テメェもよくわかっててんじゃねえか」

「……おい野島！　こっちに来てくれ」

「ど、どうしたんですか、宮真くん？　しょんべんっすか？」

「そうじゃない。なんで俺がリーダーなんだ？」

勇希たちと距離を取り、俺は野島とこそこそ話す。

「当たり前じゃないっすか！　オレを庇《かば》ってモンスターの囮《おとり》になる男気！　そしてダンジョンを生き抜く力——宮真くんは正に、男の中の男なんですから！」

興奮しながら口を開く野島。

あのときの出来事が、随分と都合良く解釈されているようだ。

このままでは野島の押しで強制的にリーダーにさせられる可能性がある。

なんとか野島を説得しなくては。

「野島……落ち着いて聞け」

「う、うっす！」

俺は真剣な表情を作り、低い声で話し掛ける。

野島は緊張したように固唾を呑《の》んだ。

「俺はリーダーになるつもりはない。クラスのリーダー……そりゃあ委員長ってことだ」

「委員長……？」

「そうだ。そんなもんはな、いい子ちゃんがやるもんだろ？」

「⁉　……確かに、言われてみりゃあそうっすね」

「だろ？　そういう面倒な仕事は大弥に任せておけばいい」

「なるほど！　つまり宮真くんがなるのは——裏番ってことっすね！」

「うら……？　そ、そうだ！」

とりあえず肯定しておいた。

この際、野島が納得するならなんでもいい。

「確かに裏から全部指示をするほうが、カッケーっすもんね」

「ま、まあ、そんな感じだな。だがな野島、俺が裏番ってのは他の奴には秘密にしろよ」

「もちろんっすよ！　陰からすべてを操る裏番の正体を知られるわけにはいかねーっすもんね！」

納得してくれたのか、満足そうに野島は何度も頷いた。

そして凶悪な三白眼を大弥に向ける。

「おお、大弥！　クラスの委員長はおまえがやりやがれ！」

「え……でも、宮真くんはそれでいいのかい？」

「当たり前だろうがっ！　クラスのリーダーなんてもんは、宮真くんには似合わねえだろうよっ！」

野島の発言が百八十度変わっていた。

これには大弥も苦笑いを浮かべる。

「まぁ……リーダーについてもこれからみんなで話し合って決めようか」

仮に投票での多数決となれば大弥は過半数以上を集めるだろう。

とりあえず、これで俺がリーダーになる可能性は消えた。

野島のせいで想定外の疲労はたまったが、以降は大きなトラブルはなく。

俺たちはタウンの探索を終えたのだった。

*

教室に戻ってすぐ、大弥はクラスメイトたちに寮の状況を伝えた。

「……じゃあ、タウンの中は安全なんだな！」

「良かった〜。それなら、ゆっくり休めそうだね」

生徒たちは安堵《あんど》の表情を見せるが、まだまだ問題は山積みだ。

「みんな、このまま会議をさせてくれないかな？　購入する物資を決めたい」

大弥の提案にクラスメイトたちは頷く。

「大弥たちがタウンに行っている間に、購入可能な物資を確認しておいた。まずは食料を購入する必要があるよな」

真面目そうな男子生徒が意見を口にした。

それを皮切りに議論が始まる。

流れのままに俺もポイントで購入できる物資を確認した。

意識した途端、俺の視界に購入画面が広がる。

画面にはアイテム名と、それを購入する際に使用するポイントが表示されていた。

購入可能なアイテム名は白文字。

不可能なものは黒文字となって表示される。

さらにはソート機能も存在しており、装備品や消耗品など項目を分けて表示することもできた。

使い方を確認しながらざっと置かれているアイテムを確認していく。

物資の中にはゲーム機やスマホ、ボードゲームのような娯楽品、さらに銃のような現代兵器まで置かれている。

相応のポイントは掛かるが……金で買えるものはなんでも置かれているようだ。

使い方次第では、ポイントは大きな切り札になりそうだが……今はそこまで考える余裕のあるクラスはないだろう。

「食料は当然として……とりあえずトイレは買いたいよな」

「あとポイントに余裕があればお風呂も欲しいよ……」

生徒たちは各々の要望を出した。

ちなみに、ポイントで購入した設備を使用する際のエネルギーは魔力で代用可能らしい。

一度の魔力供給で長時間稼働するそうだ。

なんらかの設備を購入する場合は、魔力を供給する当番を決めておいたほうがいいかもしれない。

（……魔力がエネルギー代わりか）

今まで意識していなかったが、教室内やタウンには【電気】が付いていた。

電気が使えることが当たり前すぎて意識すらしていなかったが、これも魔力供給による明かりだったのだろう。

だが、魔力を供給しているのは誰だ？

担任……それとも、別の誰かなのか？

もし明かりも魔力によるものなら、どこかで魔力を供給する必要があるのだろうか？

もしそうなら、担任に確認したほうがいいかもしれない。

あいつが素直に答えてくれるかは別だが……。

（……何にしても、この世界じゃ魔力が生きるために必要なライフラインってことなんだな）

魔力が低い奴は苦労しそうだが……三枝《さえぐさ》は大丈夫だろうか？

あいつは魔力――というかステータスが極端に低かった。

苦労するのは目に見えている。

借りがあるから……何か手助けしてやりたいが……。

「……食料はまとめ買いできるみたいよ」

「一品ずつ買うよりも安いみたい。クラスメイト全員分で１日10ポイント計算だね」

勇希がクラスメイトたちに説明した。

アイテム欄に書かれた説明によれば、これはクラスメイト四十人分の食料という意味らしい。

食材を選んで購入することも可能だが、まとめ買いのほうが価格は安い。

ちなみに食材は毎日変わるそうだ。

1組の持つ共通ポイントは500ポイントなので、50日分の食材が手に入る。

が――手に入るのは食材のみなので、料理をするためのキッチンと調理器具が別途必要だ。

「キッチン一式と調理器具のセットが……80ポイントか」

「流石《さすが》に高すぎるだろ！」

「そんなのに80ポイント使うくらいなら、簡易食品で我慢しようぜ」

ポイントで、缶詰やら乾パンやらも購入可能だ。

確かに食べ物と飲み水さえ確保できれば、死ぬことはない。

「でも、そういうのばっかりじゃ身体《からだ》に良くないと思う」

「環境が変わりすぎて、体調を崩しちゃう子だっているかもだしさ」

「キッチンがあれば水も飲めるんだよね？」

確認してみたが、キッチン一式には水道も含まれていた。

「飲み水が確保できるのは大きいな」

「だったらトイレか風呂を削るか？」

「いや、ありえないでしょ！」

「その二つを削るくらいなら、食事は最低限でいいよ！」

「あ、あの……できれば洗濯機も欲しいんだけど……」

ちなみにトイレが30ポイント。

風呂は50ポイント。シャワーにする場合は20ポイントで済む。

だがこれは男女共用の場合なので、別にするなら倍掛かる。

そして、洗濯機は20ポイントだ。

これらすべてを買うとなると、かなりのポイントが必要になるな。

「お風呂やシャワーがあれば、最悪はそっちで飲み水の確保はできるんだよね」

「ええ？　お風呂の水道から水を飲むってこと？」

「なんか抵抗あるよねぇ……」

様々な意見が飛び交い続ける。

こんな調子で、意見はまとまるのだろうか？

「キッチン一式、洗濯機、風呂とトイレを男女別にしてこれらを購入した場合、２６０ポイント必要になる。残るポイントは２４０ポイント。24日間分の食料は購入することができる」

24日分の食料――それをどう考えるか。

2階層を攻略すれば、またポイントは貰《もら》える。

つまり24日以内に2階層を攻略すれば、また食料が買えるだけのポイントが手に入るが……。

「なら、全部買っちゃっていいんじゃないの？」

「24日分も、食料を確保できるんだもんね！」

「1階層もすぐに攻略できたんだし、買っちゃってもいいかもな！」

「だね！　意外とすぐにここから出られるんじゃない？」

はい？

こいつら、マジで言ってんのか？

何があるかわからない以上は、ポイントを節約しようって考えにはならんのか？

最低限の生活を送るために必要な経費を使うのは構わないが、この調子では一瞬でポイントがなくなりそうだ。

「みんな、待ってほしい。生活に必要なものは買うけれど、僕はできる限りポイントを節約すべきだと思ってる」

「ボクもオオヤくんの意見に賛成だよ。ここでは何が起こるかわからないし、不測の事態に備えるべきだよ」

大弥と此花がクラスメイトたちを諭《さと》す。

「はぁ？　不測の事態ってなんだよ？」

苛立たしそうに声を上げる生徒に、此花は口を開いた。

「ボクたちが生きるためにはダンジョンを攻略する必要がある。でも、ダンジョンにはモンスターがいるんだよ？　24日間――その限られた期間で2階層を確実に攻略しきれると思うのかい？」

「っ……そ、それは……」

「それに、1階層の探索をしていないボクらには、どんな仕掛けがあるのかもわからない。もしかしたら、ダンジョンを攻略するためにポイントが必要になる可能性だってあるかもしれない」

反論の言葉はない。

現実を突きつけられ、クラス内には不穏な空気が蔓延《まんえん》する。

そして敵意のようなものが、此花に集まっていく。

「あのさ、どうして余計なこと言うかな！」

「余計なこと？　ボクは必要なことを言ったつもりだよ」

「ダンジョンとか、モンスターとかさ、わけわかんないんだよ！」

「怖いことなんて、考えたくない……！」

「あたしたち、必死に忘れようとしているのに！」

女子生徒たちが騒ぎ出し、辛辣に此花を責めていく。

だが、此花彩花は全く怯《ひる》むことはなく、

「怖いから、考えたくないから、わけがわからないから――だから思考停止して何もしないんじゃ、ボクたちは死ぬだけだよ」

再びクラスメイトたちに現実を突きつけた。

こんな達観した発言が出るのだから、彼女は状況を受け入れているのだろう。

俺に交渉してきたことといい、とんでもなくしたたかな女だ。

しかし……彼女のような生徒は稀《まれ》だ。

「……死ぬ……わたしたち、やっぱり死ぬの？」

「ヤダ――死にたくないよ！　お父さん、お母さん……助けて……！」

泣き出す生徒。

重い空気が教室内を満たす。

「死にたくないなら戦うしかない。そして死なないために手を打つ。そのために必要なのはポイントを節約することじゃないかな？」

そんな中、此花は生きるためにすべきことを口にする。

「……節約って、具体的にはどうしたらいいのよ」

「最低限、生活環境は整えるべきだとは思う。でも、お風呂とトイレは男女共用でいいんじゃない？」

「はあ？　ありえないんですけど！」

「そんなの絶対いや！　今日会ったばかりで、まともに話したこともないのに！」

「それでポイントを節約できるなら安いものだよ」

大半の女子に反対されながらも、此花は冷静だった。

彼女の意見はすべて――生き残るためという視点から導き出されたものなのだろう。

感情論で捲《まく》し立てられるよりも、遥《はる》かに同意できる考えだ。

俺の意見を正直に言えば、風呂とトイレすら贅沢《ぜいたく》だと思っている。

だが……あまり我慢をさせすぎれば、何かの拍子にストレスが爆発するだろう。

余計なトラブルを生む危険があるのなら、最低限クラスメイトたちが納得するものを購入すべきだとも思う。

せめてもう少しポイントがあれば……。

（……ポイント……？　あ、そういえば……）

俺はボスを討伐した際に入った特別ポイントがあったことを思い出した。

メニュー画面を開き、ポイントの項目があるか確認してみる。

（……あった）

メニュー画面の右下に個人ポイントが１０００と表示されていた。

その数字に触れる――実際に触れるわけではないが、そういう意識をした途端、補足説明が表示された。

・個人ポイントについて。
共通ポイントと同様の使い方が可能。

ポイント獲得者の承認で使用することができる。

＊　　　＊

（……獲得者——俺が自由に使えるポイントか）

俺が得た個人ポイントについて、忘れている生徒も多いだろう。

このまま黙っていてもいいが、何かの拍子でバレれば恨みを買いそうだ。

それなら、

「……勇希、ちょっといいか？」

「うん？　どうしたの？」

小声で話し掛ける。

「ちょっと、試したいことがあるんだ。協力してくれ」

「わかった。私にできることなら……」

俺の試したいこと——それは、ポイントの譲渡だ。

頭の中で勇希に３００ポイントを譲渡したいと考えた途端——アイテムトレードをしたときのような画面が視界に映る。

・ポイントを譲渡しますか？
300ポイント
YES　or　NO

俺はポイントを確認してＹＥＳを選択した。

「え、これって……？」

「ボス討伐で俺に入ったポイントだ。これで必要なものを購入してほしい」

「でも……いいの？」

「構わない。ただ、俺の名前は出さないでくれ」

これは勇希と三枝のおかげで手に入ったポイントだ。

それに、クラス内でトラブルが起これば勇希の負担が増えるだろう。

現状、男子のリーダーは大弥で、女子のリーダーは勇希なのだ。

二人を頼ろうとする生徒が増えていくに決まってる。

だからこれは、小さなトラブルを避けるための先行投資。

それに此花があれだけ言ったんだ。

好きにポイントを使えるという甘い考えは抑えられただろう。

「ありがとう、大翔くん」

感謝の後、勇希がポイントを受け取った。

そして、

「みんな、ちょっと聞いてもらってもいいかな？　実は——」

ボス討伐で３００ポイントが支給されていたことを伝え、設備の設置に掛かる費用をこれで賄うことを約束した。

「マジかよ⁉」

「本当にいいの、九重さん!?」

「ちょ〜ありがたいよ！」

教室に歓喜が響いた。

これで勇希は、クラスメイトたちの信頼を大きく得たと言っていいだろう。

「ありがとう九重さん、本当に助かるよ！　これで最低限の物資は購入できる」

問題が解決されたことで、大弥もほっとした表情を見せた。

共通ポイントがまるまる残っているのだから、クラスメイトの心にいい意味で余裕が生まれたのは間違いない。

さらにボス討伐で得たポイントが300だったと思わせることもできた。

俺が個人ポイントを700残していると知る生徒は誰もいない。

これで残りのポイントは自由に使える。

「それじゃあタウンに向かおうか。早速、設備を設置してみよう」

「とりあえず、そろそろトイレに行きたいんで、最初にトイレを頼むな！」

おちゃらけた態度で、男子がそんなことを言った。

それに頷いた生徒が数人いたのは……敢《あ》えて見なかったことにしておこう。

＊

タウンの1階には共用設備である浴場、トイレ、キッチン一式を設置することになった。

トイレ60ポイント。風呂１００ポイント。洗濯機20ポイント。キッチンが80ポイント。

合計２６０ポイント。

勇希に譲渡した残りの40ポイントで、生徒分の皿や箸のセットが10ポイント。それと共用スペースに置くための長机と椅子が30ポイント。

これで最低限、人間らしい生活を送ることが可能だろう。

共用スペースにはキッチンも置かれているため、今後は食堂として使われることになった。

「この後は各自、部屋を決めよう。少し休んだらまた食堂に集合してほしい」

大弥が解散を伝え、俺たちはここに来て初めての自由行動となった。

（……はぁ……これで少しの間だけ、一人になれるな）

こんな状況だからこそ、ずっと誰かと一緒にいるのは精神的にキツかった。

相部屋ではなく、一人一人に部屋が与えられるのは僥倖《ぎょうこう》だ。

（……とりあえず、適当に部屋を決めにいくか）

俺が階段に向けて歩き出そうとすると。

「大翔くん！」

「宮真くん！」

「ヤマト」

「宮真くん、少しいいかな？」

俺を呼ぶ声が重なる。

面倒ごとになるのでは？　という予感を感じつつ振り返った。

立っていたのは、勇希、野島、此花、大弥の四人だ。

「あ……ごめん。私は後で大丈夫だから。先に行くね」

「ぇ……」

他の三人を気遣ってか勇希が行ってしまった。

「オメーらは後にしろ。オレは宮真さんと話があんだよ」

いや、ないよ。

少なくとも俺には全くない。

「ボクもヤマトに話があるんだ。行こう、ヤマト」

俺の返事を聞く前に、此花が手を引っぱる。

「おい！　クソ女、宮真くんになれなれしいんだよ！」

「く、クソ女……!?　失敬な！　そのひどい言葉遣いどうにかならないのかな？」

野島と此花が睨み合う。

そんな二人を見て我らがリーダーは微笑して。

「僕の話は最後で大丈夫だから」

自分の用件を後回しにした。

スマートに他人を優先してしまうあたり、流石のコミュ力の高さを感じる。

が……そんな大弥の気遣いに、舌戦中の二人は気付いていないようだ。

「……野島、此花……さっさと用件を話してくれ。何もないなら俺はもう行くぞ？」

「あ——ちょ、ちょっと待ってくださいよ！　宮真くんは、どの部屋にするんですか？」

「ボクもそれが聞きたかったんだ」

野島と此花が同時に話し掛けてくる。

この話題からして話が読めてしまった。

「決めてないが……」

「一番の舎弟としては、宮真くんのガードを兼ねて、隣の部屋になりてーと思ってたんですよ。ほら、クラスのヤンキーがカチコミかけてくるかもしれませんから！」

1組におまえよりも危険な不良はいないだろ。

内心突っ込みを入れた。

「ヤンキーくん、その必要はないよ。ヤマトのことはボクが守る——何せ、ボクたちは【同じ部屋】に住むからね！」

は……？

呆然《ぼうぜん》とする俺に、此花がギュッと抱き付いてきた。

「ね！　そうだよね、ヤマト！」

そしてお願いするように上目遣いを向けてくる。

「一緒の部屋だぁ⁉　テメェ、硬派な男の世界に割り込んでくんじゃねえ！」

「ボクはヤマトの奴隷なの。同じ部屋に住むのは当然だよ」

ちょっ⁉　この女、いきなり何を言ってやがるっ⁉

「ど、奴隷……⁉」

驚愕した野島が目を見開く。

これはドン引きされている。

なんとか誤解を解かねば――と、内心焦っていると、

「宮真くん、流石っす！　高校生の身で奴隷がいるなんて！　マジぱねえっすよ！」

尊敬された⁉

「ヤマトがぱねぇのは当然だよ！　ボクが奴隷になってもいいって思った人なんだから」

そして、なぜおまえが威張る⁉

このまま話の主導権を此花たちに握らせていると、さらに面倒な展開になりそうだ。

「――野島、此花、よく聞けよ」

「うっす！」

「うん！」

一声掛けるだけで、二人はまっすぐに俺を見つめる。

「野島、隣の部屋になるのは禁止だ」

「なっ⁉」

ショックで愕然《がくぜん》とする野島。

同時に此花は勝ち誇った笑みを浮かべる。

だが、

「此花、当然だが俺はおまえと一緒に住むつもりはない」

「えっ⁉」

彼女の笑みは一瞬で消えることになった。

「もし破ったら、今後はおまえらを無視し続ける」

「んなっ、ど、どうしてだよ、宮真くん⁉」

「や、ヤマト、それはひどいよ〜！」

しょんぼりする二人。

だが、鞭《むち》ばかりでなく、しっかりと飴《あめ》も与えておく。

「……約束を守ってくれるなら、食事くらいは一緒にしてもいい」

「宮真くんと飯⁉　わ、わかったぜ！　席の確保は任せてくれ！」

「まぁ……ヤマトには嫌われたくないから、それで我慢しておくよ……」

渋々ではあるが納得して、二人は去っていった。

そしてこの場に残ったのは、俺と大弥だけになった。

「待たせたな」

「ううん。こっちこそ急《せ》かしちゃったみたいでごめん。それにしても、宮真くんはすごいね。まだ1日も経《た》っていないのに、クラス内に君を慕う人が何人もいる」

「慕われているように見えるか？」

「うん」

大弥は嫌味のない笑みで頷く。

申し訳ないが、眼科に行くことをオススメしたい。

「まぁ、あいつらの話はもういいだろ。本題は？」

「……うん。こんなこと言える立場にないのはわかってるんだけど、それを承知で頼みがある。君がダンジョンで経験したことについて教えてほしい。内部の構造やモンスターについて、それと可能な範囲で魔法やスキルについても聞きたい」

「なぜ九重じゃなくて俺に？　ダンジョンに入ったのは九重も同じだぞ？」

「単純に、男同士のほうが話しやすいと思ったんだ。それに、君たちって恋人同士なんだよね？」

「は？」

どうしてそうなる？

「あれ？　違ったかな？」

「全くの見当違いだ。九重の迷惑になるから、他の奴にはそんなこと言わないでくれよ」

「ご、ごめん。そこまで否定されるとは思ってなかった」

困惑したように笑みを浮かべる大弥。

誤解ははっきりと解いておくべきだろう。

そうでなければ、勇希の評判が下がりかねない。

「それとさっきの質問についてだが……ダンジョン内の情報共有は、俺が話すまでもなく九重がすると思うから、心配しなくていいぞ。次にクラスメイトが集合したときに聞いてみてくれ」

「本当かい？　なら安心したよ。宮真くん、引き止めてごめん。それと……」

「まだ何かあるのか？」

「お礼を言わせてほしい。1階層を攻略してくれて、ありがとう。君と九重さんがいてくれたおかげで、本当に助かった」

クラスを代表するように、大弥は深々と頭を下げた。

それは感謝だけではなく、何もできなかった謝罪が込められているようにも見える。

「……俺は何もしてない。感謝なら九重にしてくれ」

それだけ言って、俺は階段を上った。

*

風呂やトイレに近いということもあり、どうやら2階が最も生徒たちに人気が高いようだ。

だからこそ、俺は迷わず5階に向かう。

周囲に人がいないほうが落ち着くためだ。

案の定、人気《ひとけ》は一気になくなった。

なくなったのだが……。

（……なんだ？）

一瞬、何かを感じた。

気配察知の効果かとも思ったが、周囲には誰もいない。
（……気のせいか？）
俺は適当な扉――５０１号室をノックする。
――コンコンコン。
返事がないのを確認して俺は扉を開いた。
「……うん？」
やはり部屋には誰もいないが、何かを感じる。
まさか幽霊……って、そんなわけないか。
自分で気にしておいて思わず笑ってしまう。
仮に幽霊が出たとしても、この世界では驚くことじゃないだろう。
俺はこの５０１号室を、自分の部屋にすることに決めた。
ベッドに転がる。
綺麗《きれい》なベッド……とは言えないが、それでも疲弊した身体には心地いい。
（……ああ、意識が吸い込まれそうだ）
この後、食堂に集まらなくちゃならないんだよな？
あぁ……でも、ダメだ。
少しだけ、少しだけ……。
そうこうしているうちに、俺の意識は落ちていった。

＊

深い闇に包まれるような感覚の中で、
『ふむ……とりあえず、生き残ったようだが……』
艶《なま》めかしい女の声が聞こえた。
目を開くことができない。
視界は暗いままだ。
『おまえはどうかな？　変えられるかな？』
言葉の意味はわからない。
でも、間違いなくこの声は俺に向けられている。
『何にしても、早く私を使いこなしてみろ』
使いこなす？
一体、おまえは――
『そうでなければ、死ぬだけだぞ？』

＊

「大翔くん？」

「――!?」

俺の視界に勇希の顔が映る。

「おはよう」

「あ、ああ……おはよう」

あれ……？　ここは……ああ、そうか。

俺は部屋に来て、そのまま……。

「体調が悪いなら、大弥くんに伝えておくよ？」

「起こしに来てくれたのか？」

「挨拶も兼ねて、みんなの部屋を回ってたの。あ……ノックはしたんだよ。でも、鍵が掛かってなかったから……」

念のため、部屋の中を確認した……というわけか。

「できるだけみんなと話しておきたかったんだ。こんなことになっちゃって、まともに話もできてないから」

「たくましいな、勇希は」

「うん——って、言いたいんだけど、強がっていないと不安なだけなんだと思う」

不意に勇希の姿が、昔の彼女と重なる。

俺の憧憬——ヒーローだった少女の強がる姿。

弱い俺を守るためにがんばってくれていたこと。

それに気付いてしまったから——俺は彼女を守れるように強くなりたいと思った。

「……ごめん。こんな状況だからこそ、弱気じゃダメだよね！」

そう言って、無理に明るい笑みを浮かべた。

俺に心配掛けまいと気を遣ったのだろう。

苦しい状況でも笑える強さ。

変わらない彼女を見ていると、嬉しくて懐かしくて、胸を締め付けられるような気持ちになる。

「勇希……俺にできることがあれば、いつでも言ってほしい」

あのときの恩を少しでも返したい。

たとえ勇希が、俺をヤマトだと気付いていなかったとしても。

「ありがとう、大翔くん。もし何かあれば頼らせてもらうね！　でも……無茶はしないでよ？」

「無茶をするのは勇希だろ？」

「そんなこと――ないとは言えないから……お互いに反省だね」

俺たちは苦笑いを向け合った。

「……ゆっくりしすぎたな。そろそろ食堂に行くか？」

「そうだね。もうみんな待ってるかも」

こんな言葉を交わした後、すぐに部屋を出て食堂に向かった。

＊

階段を下りて食堂に繋がる扉を開くと、食欲をかき立てる香りが鼻孔をかすめた。

匂いを辿《たど》ると、キッチンで二人の女子生徒が料理をしている。

「……加賀沢《かがさわ》さん、長谷部《はせべ》さん……？」

勇希が調理中の二人に声を掛けた。

「あ……九重さん……」

「これって……みんなの食事を作ってくれてるんだよね？」

「……うん。わたし、何も力になれなかったから……お料理くらいしないとって思って……」

「本当はみんなと相談して決めるべきだと思ったんだけど……大弥くんに相談したら、ぜひ作ってほしいって言ってくれてさ」

この二人は、率先して自分のできることをしてくれていたようだ。

「二人とも、ありがとう。すごく助かるよ！　私も何か手伝わせて！」

「九重さんは座っていて」

「そうそう。ダンジョン攻略の立役者なんだから」

「宮真くんも、休んでいてね」

「……いいのか？」

「九重さんと一緒に、がんばってくれたんでしょ？」

「いや、俺は……」

「いいからいいから！　料理ができるのを楽しみに待っててね！」

俺たちはキッチンから追い出されてしまった。

ありがたい……が、いいのだろうか？

「宮真くん！　こっち、こっちだぜ！」

「ヤマト、ボクが席を取っておいたよ！」

戸惑っている俺を、自称舎弟と自称奴隷が呼んだ。

二人はそれぞれ別の席に座っている。

「おいテメェ！　宮真くんはオレと飯を食う約束なんだ」

「ヤマトはボクと食べるって約束したの！」

騒いでいる二人を尻目に、生徒たちの視線が俺に集まってくる。

それは無言の圧力となり「どうにかしろ！」と俺に訴え掛けているようだった。

（……放置するわけにもいかないか）

俺は適当な席に座ると、二人に手招きした。

すると此花《このはな》と野島《のじま》は席を立ち、大慌てでこっちにやってくる。

「二人とも座ってくれ」

「ヤマト、もしかしてこの目付きの悪いカレも一緒なの？」

「そうだぜ宮真くん。男の語らいに女はいらねぇだろ？」

「ダメなら俺は一人で食べる」

「ぇ!?」「なっ!?」

二人は、世界の終わりみたいな顔をした。

「わかったら、おとなしく料理ができるのを待とう」

「……ヤマトのイジワル」

「宮真くんがそこまで言うなら……仕方ねぇな」

二人とも不服そうだったが、おとなしく従ってくれた。

野島が俺の正面に、此花が俺の隣に座る。

「ふふっ。仲良しグループ結成？」

勇希は、野島の隣の席に腰を下ろした。

「ココノエさん、グループじゃなくて仲良しなのはボクとヤマトだよ」

恥ずかしげもなく、此花は俺に抱き付く。

「あまりくっ付くな！」

「そんなに照れないでよ。ハグくらい普通でしょ？」

「宮真くんが迷惑してんだろうがっ！　九重からも何か言ってやってくれよ」

「仲良しなのはいいことだよ。少なくとも喧嘩をしているよりは、ずっとね」

「だよね！　ボクとヤマトは仲良しなの！　……でもボクは、ココノエさんとも仲良くしたいと思ってたんだ。もし良ければ、友達になってくれない？」

「もちろんだよ。此花さん、これからよろしくね」

二人はあっさり友達になっていた。

それを俺は素直に喜べない。

このしたたかな女のことだ。

何か打算があるのだろう。

下手な行動は起こさないと思うが……警戒はしておくべきだ。

「みんな、お待たせ！　料理ができたよ」

「お皿に盛るから取りに来てね！」

その言葉に、食堂は嬉しい悲鳴で満たされた。

生徒たちは一斉に立ち上がり、バタバタとキッチンに走っていく。

「マジで腹減った……！」

「ほんとだよね～。朝ご飯、抜いてこなければ良かったよ……」

皆、腹ペコのようだ。

当然……それは俺も同じで――。

「私たちも行こうか」

「そうだな」

勇希に促され席を立つ。

やっと訪れた食事の時間。

加賀沢と長谷部が作ったのはカレーライスだった。

珍しくもないその料理を、生徒たちは心底うまそうに食べている。

もちろん、それは俺も同じで信じられないほどうまく感じた。

理由は空腹を感じていたからだけじゃなくて、非日常の中に少しだけ日常が戻ってきた……そんな安心感を覚えたからなのかもしれない。

＊

食堂は穏やかな空気に包まれていた。

近くの席の生徒同士でコミュニケーションを取り合っている。

こんな状況でも、クラス内でグループができつつあるのが人間らしい。

特に大弥は男女問わず絶大な支持を受けていて、最大派閥を形成していた。

流石はコミュ力の塊。

疲れてるだろうに、いやな顔ひとつせずに他の生徒と話していた。

本気で感心する。

人には適材適所、向き不向きがあるけれど。

俺は大弥のようには一生かけてもなれそうにない。

「みんな――食べながらでもいいから聞いてほしい」

大弥は立ち上がると、全員の顔が見える位置に移動した。

「今の状況を不安に感じている人も多いだろうし、僕も正直すべてを受け入れられてはいない。でも、今後についてしっかり話しておきたいんだ」

「今後っていうのは……ダンジョンの攻略について？」

「うん。それも考えなくちゃならないことだ。理不尽な話だけど、僕たちはダンジョンの攻略を強制されてしまっているからね」

「で、でも……モンスターと戦うのは、やっぱり怖いよ……」

ツインテールの女子生徒が泣きそうな声を上げた。

これは当然の反応だろう。

恐怖に打ち勝てる生徒がどれだけいるだろうか？

すべての生徒が戦えるとは到底思えないが、ダンジョンの攻略をしなければ生きていくことすらできない。

クラスの方針次第では、役立たずを切り捨てる可能性すらあるだろう。

「男子でも女子でも、戦いがどうしても怖いという人がいると思う。だから僕は、そういう生徒に戦いを強制しようとは思わない」

大弥の発言は予想の範囲内だった。

まだ出会ったばかりで本質を摑《つか》めたわけではないが、彼は独善的なタイプではない。

少なくとも表面上は平和主義。

誰とでも仲良く接して、クラス内の調和を図る理想的なリーダータイプと言えるだろう。

これが大弥の本質なら、１組に所属できた生徒は運がいい。

余程のことがない限りは、大弥はクラスメイトを見捨てたりはしないだろう。

だが……誰にも裏の顔は存在するはずだ。

「でもよ～。ダンジョンを攻略しないことには、次のポイントは入らないんだろ？」

「できれば戦いたくないけど……モンスターが怖いとか言ってる場合じゃないよね」

女子生徒からも勇ましい声が上がった。

こんな意見も出るあたり、生徒たちも冷静になれたようだ。

「もちろん、攻略にも力を入れるけど、戦いたくない生徒にそれを強制してもいい結果は生まれないと思うんだ」

「言いたいことはわかるけど、それって不公平じゃね？」

「確かにな。なんもしないいんじゃ、ニートみたいなもんじゃん。働かざる者食うべからずだろ？」

「だったら、働いてもらおう！」

「え？　でも無理強いはしないって……」

「生徒それぞれに役割を持ってもらえばいいんだよ」

「どういうことだよ？」

生徒たちの不満が疑問と興味に変わるのを見計らい、大弥は自分の考えを口にした。

「たとえば今日作った料理――これだって仕事のひとつじゃないかな？　ダンジョンで戦えなくても、料理が得意な人もいるかもしれない」

なるほど。この世界の仕事は何もダンジョンを攻略するだけじゃない。

大弥は戦えない生徒に道を示そうとしているようだ。

「それならわたしもできる！」

「大弥くんのアイディア、すごくいいと思う！」

「タウンの中でできる仕事って何があるかな？」

仕事——自分の持つべき役割についての話が進む。

何が必要か、どんなことをすべきか。

話し合いは進み、男子生徒五人と女子生徒十人が、戦い以外の役割を持つことになった。

（……意外と残ったな）

正直、探索班は十人残らないと思っていた。

俺の想定よりは今のところ順調に話が進んでいる。

「ダンジョンの探索に志願してくれた二十五名に聞いてほしい！　僕たちは教室にいる間、ステータスや魔法、スキルというものがあることを知ったよね。でも、実際に僕らはまだその力を使っていない。戦いに関して経験値がないんだ。だから——実際にダンジョンの攻略を達成した九重さんから、いろいろな情報を聞ければと思ってる」

名前を呼ばれて、勇希が立ち上がった。

「それじゃあ……まずは魔法やスキルの獲得方法について話すね」

勇希は自分が知る限りの知識を伝えた。

途中、5組の話題も出たが……協力関係だった彼らがボス戦で消えたことは伏せていた。

「それと、ステータスの項目を見てほしいんだけど……。オリジナルスキルを持っている人っているかな？」

続けて勇希が聞いた。

だが、それに反応を示した者はいない。

俺も除けば此花もオリジナルスキルを獲得しているが、他の生徒に教えるつもりはないようだ。

「いないみたいだね」

「九重さん、オリジナルスキルっていうのは？」

勇希は、扇原の力について簡単に説明した。

すると食堂にざわめきが生まれた。

「……そんな強力な力が……」

「5組が一位通過なのも頷けるな」

「でも、5組の扇原って奴とは協力関係なんだよね？」

「1階層では協力してたよ。今後も関係を維持できればいいんだけど……」

「そうだね。少なくとも敵対する理由はないと思う」

1組は他のクラスと協力できれば……という方針で話が進んでいた。

利益を得るための協力なら構わない。

だが、能天気に他者を信用するのは危険だ。

またボス戦で裏切られでもしたら、今度こそ死ぬことになるだろう。

「それと、獲得できる魔法やスキルも個人差があるみたいなの」

「個人で獲得できる力が違うってことかい？」

「うん。だから気になる力があったら、みんなに情報を共有してほしいの。同じ魔法やスキルばかりを獲得するより、役割を決めたほうが戦いやすくなると思う。具体的には攻撃、補助、回復の三役に分けて――」

勇希がレクチャーを続ける。

そんな中、

「九重さん、質問がある」

「何かな?」

「鍛冶ってスキルがあるんだけど、こういうのも補助スキルになるのかな?」

恰幅《かっぷく》が良く優しそうな男子生徒が口を開いた。

「鍛冶じゃないけど、ミャーには装備生成っていうスキルがあるよ」

続けて自らを【ミャー】と呼ぶ女子生徒が質問した。

二つとも俺が獲得できないスキルだ。

「二人とも効果を聞いてもいいかな?」

勇希が説明を求めた。

*

・装備生成1
素材から装備の生成が可能になる。

生成可能な装備はスキルレベルに依存する。

成功率はスキル所持者の熟練度に依存する。

・鍛冶スキル1
装備の強化が可能になる。

強化にはリスクもあり失敗すると装備が消失する。

成功率はスキルのレベルと所持者の熟練度に依存する。

＊

「貴重なスキルだね。優先的にそのスキルを獲得してもらいたい。モンスターとの戦闘を考えれば強い装備が必要だからね」

「じゃあ、二人には鍛冶屋さんになってもらう感じだね！」

「ミャーが鍛冶屋かぁ。でも、面白そうかも！」

「みんなの役に立てるかもしれないなら……がんばってみるよ！」

戦闘要員は減るが、二人の存在はクラスにとって大きな利益になるだろう。

この後も話し合いは続いたが、他に目新しい魔法やスキルを持っている生徒はいなかった。

特に……マッピングを持った生徒がいなかったのは致命的だ。

あのスキルの有無でダンジョン攻略の難易度がグッと変わる。

2階層でも三枝と合流できればいいが、広いダンジョンではそれも難しいだろう。

（……あいつ……今ごろどうしてるかな？）

クラス内でイジメを受けていると言っていた。

教室やタウンは閉鎖的で逃げ場がないため、辛《つら》い思いをしているかもしれない。

もしもあいつが俺に助けを求めるのなら——そのときは力になろう。

それが俺と三枝の約束なのだから。

＊

話し合いも終わり解散が告げられ、俺は部屋に戻ってきていた。

今はベッドに寝転がりながら、会議での決定事項を整理中だ。

明日のダンジョンの攻略は探索メンバー二十五人——各班五人パーティで行動することになった。

それと、生徒たちにはポイントで武器を購入——それが全部で125ポイント……と、大きな支出になったが、命懸けの戦闘をするのだから必要な経費だろう。

1階層の感じからすると、2階層で急激にモンスターが強くなるとは考えにくい。

最初から武器があるなら優位に戦えるはずだ。

ダンジョン内の注意事項も伝えているため、最初の探索から無理をする生徒も少ないだろう。

とりあえず、今できる最善の準備は整ったという感じだ。

（……後は2階層の攻略が始まったら、臨機応変に動くしかないな）

ちなみにうちのチームは、俺、勇希、此花と――鍛冶屋の二人が加入した。

次の探索では彼らのレベル上げを手伝うことになっている。

二人の持つ装備生成と鍛冶を獲得してもらうにも、スキルポイントが必要だからな。

スキル獲得後、彼らはパーティを抜けることになるため、一時的な加入という扱いだ。

野島も一緒のチームに入りたがっていたが、ガタイも良く前衛として優れていると判断され別チームに所属が決まった。

（……さて、次のダンジョン攻略が始まる前にやるべきことを済ませておくか）

俺はスキルツリーを開いた。

ボス討伐により現在はレベル8。

マジックポイントとスキルポイントはそれぞれ25点増加していた。

未使用分と合わせると残りはマジックポイントが30。

スキルポイントが25となっている。

（……さて、どうするかな）

俺は熟考の末、

＊

○新たに獲得した魔法

・雷撃《ライトニングボルト》2
消費魔力10。
雷属性の魔法。
敵に小ダメージ。
光速の雷撃《ライトニングボルト》が対象を射貫く。
一定確率で麻痺《まひ》を付与。

・治癒《エイド》2
消費魔力8。
対象者の体力を中回復。
軽度の状態異常も治癒することが可能。

・速度強化《ギア》1
消費魔力5。
対象者の速さ5％上昇。
ただし、効果は重複しない。

○新たに獲得したスキル

・自己回復2
自動回復速度向上。

ただし回復できるのは軽度の傷のみ。

・気配察知2
周囲の生物の気配を察知することが可能。

スキルレベル上昇で効果範囲が拡大。

対象の能力が高いほど効果は強まる。

*

これらの魔法とスキルを獲得した。

理由は様々ある。

まずは雷撃《ライトニングボルト》だが、これは炎の矢《ファイアアロー》以外の攻撃魔法が欲しかったからだ。

炎属性に抵抗があるモンスターとの戦いになれば、攻撃手段を一つ潰されたことになるからな。

レベルを上げたことで麻痺を付与することも可能になったのはありがたい。

モンスターに状態異常を付与可能な点は大きそうだ。

次に治癒《エイド》2。

使用魔力は3から8に増加したが回復効果が上昇している。

モンスターとの戦闘は怪我を避けられない。

ダンジョンで傷を負うことは死に繋がる恐れがある以上、回復手段を強化しても損はないだろう。

このまま治癒《エイド》3を獲得しても良かったが、獲得に必要なマジックポイントは20。

他の魔法を獲得したいという理由から今回は断念した。

オリジナルスキルの効果が事実なら、俺はレベルアップ時に獲得できるポイントが10倍になる。

獲得はそのときでも遅くないだろう。

速度強化《ギア》は試しに取ってみた感じだ。

補助魔法の効果を確かめておきたかった。

実際に使って有効であれば、レベルを上げていくつもりだ。

続いてスキルだが、自己回復を獲得したのは治癒《エイド》に使う魔力を少しでも抑えたいからだ。

治癒《エイド》のレベルを上げたことで消費魔力が増えたからな。

これで多少でも魔力が節約可能なら、それだけで価値があるだろう。

最後に気配察知2。

これは単純に便利な力なので強化してみた。

あるとないとでは受ける被害が段違いだし、今後パーティで行動することを考えても、一人は持っておいたほうがいいスキルだろう。

獲得したスキルの効果を再確認していると、

『3組の生徒が2階層に繋がる【扉】を発見しました。よって3組は第1階層攻略完了となります』

無機質な声がタウンに響いた。

学年は全部で5クラス——これで、1階層をクリアしていないのは4組のみだ。

次の階層攻略が始まる前に少し休んでおくか。

そう決めて俺は浴場で汗を流すと、部屋に戻ってすぐにベッドに倒れ込んだ。

第五章　約束

『ピンポンパンポ～ン！　さぁ、みんな朝だよ～！　冒険のお時間だ！　三十分以内に、教室に集合～。遅れたらクラス全体にペナルティだからね～』

担任の耳障りな声で叩《たた》き起こされた。

一体、この放送はどこから聞こえてくるのだろう。

タウンの中に放送室はなかった。

もしかしたら、自分の意志を伝える魔法があるのだろうか？

考えながら、俺は身体《からだ》を起こす。

「……行くか」

寝起きでだるいが、ペナルティがあるのでは仕方ない。

俺は部屋を出た。

階段を下りて1階の食堂に行くと、勇希《ゆうき》と野島《のじま》の姿が見えた。

「宮真《みやま》くん、待ってたぜ！」

野島がバタバタと駆け寄ってきて、暑苦しい笑顔を向ける。

「別に待っていてほしいなんて言ってないぞ？」

「オレは舎弟なんですから当然っすよ！」

認めた覚えはないが、反論しても気疲れするだけだろう。

それにこいつにも使い道がある。

手駒が一つ増えたと考えるなら、悪いことばかりではない。

「大翔《やまと》くん、おはよう」

「おはよう、勇希。まだ教室には行かないのか？」

「うん。一応、みんなが出ていったのを確認してからと思って……」

「そっか。……大弥《おおや》は？」

「まだ教室に来ていない人がいるみたいだから、みんなの部屋を確認してくるって」

大弥の奴《やつ》、本当に面倒見がいいな。

いや……そうせざるを得ないってだけか。

さっきの放送で遅刻にはペナルティがあると言っていたからな。

連帯責任で罰を与えられたらたまらない。

「あ、あの……宮真くん」

「うん？」

名前を呼ばれ反射的に顔を向ける。

すると、昨日食事を作ってくれた女子生徒が立っていた。

確か加賀沢《かがさわ》だったたか？

「のんびり食事って状況じゃないけど、もし良かったらこれ……」

そう言って、おにぎりを手渡してくれる。

「ぁ……助かる」

不意を衝かれて変な声が出てしまった。

「ううん。わたしにできるのはこれくらいだから……」

控えめな優しい微笑《ほほえ》みを浮かべた。

朝から食事を用意してくれたのはありがたい。

寝起きで食欲はないが、これくらいは腹に入れておこう。

食事を終えた後、タウンのほうは勇希たちに任せて俺は教室に向かった。

万一、すれ違いで先に生徒が教室に集まっていた……なんてこともありえるかもしれない。

念のため、教室の様子を確認しておこうと思ったのだ。

＊

教室には俺を含めて三十人の生徒が集まっていた。

放送が聞こえてすぐに教室にやってきたのだろう。

「ヤマト〜、おはよう！」

俺が自分の席に座ると、此花《このはな》が近付いてきた。

「もう来てたんだな」

「ごめんねヤマト。待とうか悩んだんだけど……たった三十分しか時間がなかったから、すぐに教室に来ちゃった」

「正しい判断だろ」

「……本当にそう思う？」

「？　どういう意味だ？」

「薄情な奴とか思ってない？」

「薄情？　なんでだ？」

「なんでって……」

此花は戸惑うように俺を見つめた。

「だってボク……奴隷なのにご主人様を置いてきちゃったから」

こいつは真顔で何を言ってるんだろうか？

すぐそこの席の女子が、ドン引きしていた。

「……此花、頼むから教室でそういう発言するのマジでやめてくれ」

「結構本気なんだけどなぁ。ヤマトが望むならいっぱい尽くしちゃうよ？」

「本気なんだとしたら、余計に質《たち》が悪いぞ」

こんな調子で此花のおふざけに付き合いながら、数分ほど経過しただろうか？

教室の生徒は三十人から変わっていない。

何かトラブルが発生したのか？

もう少しして誰も来ないようなら、タウンに戻ってみよう。

「放送があってから、どれくらい時間が経《た》ったろうな……」

「時間？　え〜と……ボクがここに来てから十分経ってるね」

「十分？　随分と正確に把握してるんだな。スマホで時間を確認していたのか？」

「違うよ。スマホの電池、もう切れちゃってるから。教室に来てから時計を確認してたんだ」

「時計……？　あ——そうか」

黒板の上に時計が掛けられているのを思い出した。

今も秒針がしっかりと動いている。

「時間は正確に進み続けてるんだな」

「……うん。こっちの世界と、ボクたちの世界の時間が一緒とは限らないけどね」

「戻れても浦島太郎かもしれないと？」

「可能性の話だけどね。それ以前に、ボクらは生き抜かないとだけどさ」

シビアな発言をする此花。

普段はふざけてばかりだが、現状を受け止める心の強さや、冷静な判断力を持ち合わせている。

何より、生き抜くということに関しては執着しているように思えた。

切り札を晒《さら》して俺と交渉してくるくらいだ。

生き残るためにすべてを利用する決意を固めているのだとしたら——奴隷になるというのも、冗談ではなく真剣に言っているのかもしれない。

「？　……ボクに見惚《みと》れてるのかい？」

「違う」

「もう、照れなくてもいいのに」

此花が蠱惑《こわく》的な笑みを俺に向けた――そのとき、ガラガラと教室の扉が開いた。

「……残りの生徒も来たみたいだね」

勇希と大弥が残りの生徒を連れてきてくれたようだ。

これで四十人――1組の生徒は全員揃《そろ》った。

「それじゃあね、ヤマト」

此花は席を立ち、自分の席に戻っていった。

そして、代わりに本来の席の主が腰を下ろす。

「は～……良かった。なんとか時間どおりにみんな集まれたね」

「とりあえず、ペナルティは回避だな」

後から来た男子生徒の一人があくびをしていた。

野島に並ぶほど図太い奴がいたものだ。

「後は時間まで待つだけだね」

「ああ……」

時間が近付くにつれて生徒たちの話し声が消え、教室は静寂に満たされていく。

そして……。

『うん！　ちゃんと制限時間以内に集合してるみたいだね～！　みんな偉いよ～！　先生マジでハッピー！　トリガーがあったら引きたいくらいだよ～！　さて、夜中の放送――気付いた人もいたと思うけど、5クラスとも1階層をクリアしました！　なので、今から2階層の攻略を許可しま～す！』

教室に備え付けられたスピーカーから声が響いた。

夜中の放送には気付かなかったが、全クラスが階層攻略に成功したらしい。

最下位は4組になったわけだが……彼らは休む間もなく次の攻略を進めるのだろうか？

十分な休息も取れないまま探索に出れば命に関わる。

だがモタモタしていれば、また最下位になり50ポイントしか入らない。

さらにペナルティまであるのなら、抜け出すことの困難な最悪の悪循環だ。

『今のうちにいろいろ学んでおくんだよ～。階層は進めば進むほど複雑に、そしてモンスターも強くなっていくからね～。それと二位の1組には少しだけサービス！　情報提供しちゃいま～す！　階層ごとに出現するモンスターの数や種類は決まっているの。そして2階層は1階層の5倍の数のモンスターが出るよ。種類と正確な数は内緒。あ、でも2階層のボスは一体のままだからね』

1階層にいた魔物の正確な数はわからないが、5倍というのは脅威になり得る数字だ。

新たなモンスターが出現する可能性もあるなら、より慎重に探索をする必要もあるだろう。

『それと二連続でボス討伐のMVPを獲得した生徒にはご褒美があるよ！　なんと、先生がお願いを聞いてあげることになってま～す！　叶《かな》えられるかは別だけど、できる限りのことは聞いてあげるつもりだから！　もしボスを恐れない命知らずさんがいるなら、がんばって狙ってみてねん！』

お願い……？

特別ポイントとは別にってことか？

『それじゃあみんな、２階層の攻略もがんばってね～！　担任として期待してるよ』

言いたいことだけ言って、プツン――と放送がとぎれた。

「……やっぱりダンジョン攻略は必要なんだね」

「ああ」

１階層ではギリギリの攻略になったが、勇希にはもう絶対に無理はさせない。

そして２階層も必ず攻略してみせる。

「がんばろうね、大翔くん！」

勇希の言葉に、俺はしっかりと頷《うなず》いた。

＊

昨日のうちに決めておいたとおり、俺たちは五人パーティで行動することになった。

「少しでも危険だと判断したり、怪我《けが》をした生徒がいればすぐに教室に戻ってほしい」

大弥がそれだけは徹底するように伝える。

すると、クラスメイトもしっかりと頷いた。

「油断するわけじゃないけどさ、武器も持ったし意外となんとかなるだろ？」

「そう思いたいだけだろ？」

緊張を紛らわすように軽口を交わし合う生徒たち。

「みんな本当に無理だけはしないようにね」

大弥がクラスメイトに念を押した後、俺たちの2階層攻略が始まった。
＊

俺たちのパーティは先行してダンジョンを進んでいた。

「ダンジョンの中って、すっごくじめじめした感じなんだね」

「それに、薄暗くて不気味だよ」

そんなことを言ったのは、鍛冶系スキルを獲得するために探索に同行している二人だった。

恰幅《かっぷく》が良く優しげな男が瀬乃小太郎《せのこたろう》で。

ショートカットの元気娘のほうが、桜咲美亜子《さくらざきみあこ》というらしい。

「私も1階層に入ったとき、同じことを思ったよ」

「途中の分岐も多いし、ボクたち今迷ってないよね？」

「そうならないように、分岐のたびに印を付けてるんだ」

分岐の際に、石壁に適当な印を付けた。

1階層では考えなしに進んだ結果、最悪なことになったからな。

それに……俺自身、今回はある目的を持って進んでいる。

ダンジョンを攻略するというのは当然だが、狙うはボスの討伐だ。
1階層では運良く倒すことができたが、ボス討伐による特別ポイントは大きい。
何より、オリジナルスキルを試すには絶好の相手だ。
ステータスが10倍になった際の戦闘能力がどの程度なのかを試したい。
(……よし、ちゃんと近付いてるな)
気配察知2を獲得したことで、よりモンスターたちの気配に敏感になっていた。
そして一番強い気配に向かっていく。
あまりにも危険を感じれば、すぐに引き返すつもりだった。
勇希が傍《そば》にいる以上は無理をさせるつもりはない。
だが、不思議なことに1階層で感じたほどの恐怖はない。
理由はなんだ?
1階層よりも敵が弱くなっている?
それとも、俺のレベルが高くなりすぎているのか?
ボスを討伐したことでレベル8になっている。
これはおそらく、生徒の中で一番高いレベルだろう。
(……各階層には適正レベルがあるのだろうか?)
1階層のモンスターの数を考えれば、2階層の適性レベルは1~3程度か?
もしそうなら、1階層で戦闘を経験していない生徒でも十分対応できるだろう。

担任は階層を進むごとにモンスターが強くなると言っていたが、理不尽なレベルではないのかもしれない。

いや……それは甘い考えか。

常に最悪を想定して進まなくて――。

（……うん？）

強い気配の傍にもうひとつ気配を感じた。

それは、とても弱い気配だ。

「みんな……止まってくれ。多分、モンスターだ」

分岐点――右側の通路から気配が近付いてくる。

俺たちは先に進まず、壁に背を預け身を潜めた。

「気配察知だっけ？　便利なスキルだよね。ボクも覚えたいかも」

同じパーティではあるが、気配察知はもう一人くらいは持っていてもいい力かもしれない。

今後、パーティの誰かが欠ける可能性もあるのだから。

「……みんな、来るぞ」

声を潜めてみんなに伝える。

すると、薄暗い通路からゴブリンがこちらに向かってきていた。

まだ俺たちに気付いていないようだ。

（……今なら――）

ゴブリンとの距離は二十メートル——俺は身を隠していた通路から飛び出した。

「ガッ⁉」

小さな鬼の顔が歪《ゆが》んだ。

驚愕《きょうがく》に身体が硬直しているのだろう。

身構えることすらできていない。

先制攻撃は成功。

そして、

「——雷撃《ライトニングボルト》」

新しく獲得した魔法を使用する。

ただし一撃で倒さないように、意識して威力を弱めてみる。

「アガアアアぁぁッ⁉」

命中——雷光がゴブリンの全身に走った。

直後、ピクピクと身体が震えたかと思うと、バタン！　と、その場に倒れる。

消滅しないところを見ると、死んではいないようだ。

（……魔法の威力はある程度なら調整できるみたいだな）

感覚的なものだが、威力を高めるよりは手加減するほうが楽そうだ。

「大翔くん、倒したの？」

「いや、麻痺《まひ》させただけだ」

これなら、レベル1の生徒でも楽に倒せるだろう。

「やっぱり、ヤマトってすごいんだね！　今の動きとか、魔法とかボクびっくりしちゃった！」

此花はさっきの戦闘を見て、興奮しているようだった。

「瀬乃と桜咲は、このままこいつを倒してほしい」

「モンスターを倒すんだよな」

「わかってはいたけど……ちょっと怖いなぁ」

攻略班に志願した生徒には、ポイントで買える中では最も安い武器だったショートソードが与えられている。

二人はアイテムメニューから、その武器を装備した。

「うにゃぁ……無抵抗だと攻撃するのを躊躇《ちゅうちょ》するなぁ」

「もしかしてかわいそうとか思ってるの？　なら、甘い考えは捨てたほうがいいと思うよ」

戸惑っている桜咲に此花が言った。

やらないなら自分がやる——と、彼女は態度で示している。

実際にモンスターに殺されかかった俺は此花の発言に同意したい。

こいつらは、俺たちを躊躇《ためら》いなく殺しにくる。

そんな化け物に対して甘い考えを持てば死ぬのは自分だ。

（……二人には楽にレベルを上げてもらおうと考えたが、失敗だったかもしれないな）

命懸けの戦闘を経験させて、モンスターが危険であるという意識を植え付けておくのが、今後のため――

「……――ガアアアァッ！」

麻痺が解けたのか、ゴブリンが俺に飛びかかってきた。

ダメージは残っているようで動きは遅い。

俺は身体を少し反らすことで攻撃を避けた。

「っ⁉　う、動いた⁉」

「ミャアアア～～～⁉　ちょ、た、倒さないとヤバいんじゃないの⁉」

戦闘経験のない瀬乃と桜咲が焦る中、此花は冷静にモンスターを観察しながらショートソードを装備した。

勇希も修羅場を潜っただけあって既に戦闘態勢だ。

「みんな――戦わなくちゃ私たちがやられちゃうよ！」

勇希が勇ましい声を上げる。

「そ、そうだね」

「し、死にたくないなら……戦うっきゃないよね！」

覚悟を決めた二人も、ようやく片手剣を構える。

俺は囮《おとり》に徹しながら、攻撃役は四人に任せた。

それから短い時間……おそらく五分にも満たない戦闘だったと思うがなんとかゴブリンを討伐。

「あ――私、レベルアップしたみたい！」

「ミャーも！　変な声が聞こえてびっくりしちゃった」

「……不思議な感じだな」

「これでボクたちも魔法やスキルが獲得できるんだよね」

なんと四人全員が同時にレベルアップしたようだ。

（……経験値が入るのは、モンスターを倒した奴だけじゃないのか？）

攻撃を加えていれば、モンスターを倒さなくても経験値が入るのかもしれない。

だが。１階層でボスを討伐した際、勇希と三枝《さえぐさ》のレベルは上がっていない。

今とあのときの違いは、ホブゴブリンに与えた傷が治癒《エイド》してしまった……ということくらいか？

まだまだ不明点は多いが、経験値を得るにも様々な条件があるのは間違いないだろう。

「あれ？　なんでだろう？　装備生成スキルが獲得できないよ」

「……同じく鍛冶スキルもだ」

鍛冶屋コンビが首を傾《かし》げる。

「まさか……必要なポイントが足りてないのか？」

二人にスキル獲得に必要な詳細を確認してもらう。

すると装備生成と鍛冶——この二つのスキルに関しては獲得に10ポイント必要なことが判明した。

「残念ながら……もう１レベル上げないとだな」

「そっか……。これで教室に戻れると思ってたのになぁ……」

「ミャーコ、これも必要な経験……そう思ってがんばろう」

「瀬乃っちは真面目だね」

今更だが二人は互いをあだ名で呼び合っているようだ。

もしかして、以前からの知り合いなのだろうか？

「……ヤマト、ボクは何を獲得したらいいかな？」

「私も相談させてもらおうと思ってたんだけど……」

続いて此花と勇希が尋ねてきた。

俺は少し逡巡《しゅんじゅん》して。

「……今後も同じチームで動くことになる。だから役割を分けたい」

俺の提案はこうだ。

各自――攻撃魔法と治癒《エイド》魔法は一つ獲得。

魔法は可能であれば属性違いで。

そこから攻撃型か補助型、もしくは万能型にするかを決定する。

決定した方向性でスキルを獲得していく。

「魔法やスキルの獲得は、その都度相談して決めよう」

「わかった。ならとりあえず私は治癒《エイド》1を獲得するね」

「ならボクは攻撃魔法を取るよ。この氷雨《アイスレイン》っていうのでいいかな？」

先に勇希は回復魔法を、此花は攻撃魔法を獲得した。

魔法を使える人材がこうして増えるだけでも、ダンジョン攻略に余裕ができそうだ。

「瀬乃と桜咲は現状のままポイントを温存してくれ。状況次第では予定にない魔法やスキルを獲得してもらうかもしれない」

「……なるほど。確かに鍛冶スキルの獲得は安全を確認できてからのほうがいいな」

「何が起こるかわからないもんね。わかったよ」

瀬乃と桜咲は俺の考えに同意してくれた。

「にしても……ミャーが鍛冶かぁ。うまくできるといいんだけど」

「大丈夫だよ。失敗しても練習していけばきっとね！」

「う〜ん。そうだね！　がんばるしかないか！」

勇希に元気付けられて、桜咲の表情は明るくなった。

スキルを獲得してしまえば自然と技術が身に付くはずなので、不安はすぐに解消されるだろう。

「よし、一旦話は終わり！　また探索を続けよう！」

その勇希の言葉に先導されるように、ダンジョンの探索に戻った。

さっきの戦闘を見た感じでは、ゴブリン一体なら生徒が数人いればどうにでもなるだろう。

だが、

（……この先にいるボスモンスター相手となると、どうなるか……？）

1階層でもボスモンスターの強さは桁違いだった。

レベル2に上がったとはいえ、ボスとの戦闘は厳しいだろう。

やはりボスとの戦闘は俺だけで行うべきか──。

「いやあああああああああああああああああっ！」

聞き覚えのある叫び声。

まさか……。

しかも、声の方向はボスモンスターの気配を感じる場所だ。

あいつまたモンスターに襲われてるのか……？

（……三枝⁉）

「大翔くん！」

助けに行こう……と、勇希の目が訴えている。

が、今回に関しては言われるまでもない。

「……俺が先行するから、四人は周囲を警戒しながら進んでくれ」

勇希を置いていきたくはなかったが、敵の気配は前方の一つだけだ。

安全は確保している。

だから、俺は一気に通路を駆け抜けた。

「はやっ⁉」

後方から声が聞こえた。

自分でも驚くほど身体が軽い。

レベルが上がり速さが向上しているからだろうか？

それにしても、

（……まさかまた、あいつの叫び声を聞くなんてな）

俺たちには、奇妙な縁があるのかもしれない。

（……見つけた）

通路の先は行き止まり。

壁際に追い込まれて尻餅をついているのは、１階層を共に生き抜いた協力者《パートナー》の姿。

「三枝！」

「⁉　――宮真くん⁉」

俺の声に反応しモンスターがこちらに目を向ける。

モンスターは人型の巨大な狼《おおかみ》――１階層では見ていないモンスターだった。

そしてゴブリンよりも遥《はる》かに強力な気配。

これは間違いなくボスモンスターだろう。

（……試してみるか）

俺はオリジナルスキルを発動した。

瞬間――

（……なんだ？）

周囲の時が止まったように感じた。

が、そうではない。

狼の化け物がゆっくりと、俺に向かって動き出した。
しかし、遅い。
（……なんだ？　これが階層のボス？）
思わず笑ってしまいそうになった。
なんだ？　なんだこれ……？
正直に今感じていることを言うのなら、
「負ける気がしねえよ」
魔法なんて使うまでもない。
俺はモンスターの目前に迫り、顔面に拳を叩き込んだ。
瞬間――ドガアアアアアン！
爆弾が破裂するような強烈な音がダンジョンに響き渡る。
叩き伏せられたモンスターは地面にメリ込んでいた。
「え……？」
三枝が唖然《あぜん》とした声を漏らす。
何が起こったのか理解できない。
そんな顔をしていた。
同時に、巨大狼の身体から光の粒子が舞う。
どうやら、俺はボスモンスターを瞬殺したようだ。

（……マジか？）
俺自身、自問自答してしまった。
これほどか。
ステータスが10倍になるというのは、これほどまでの効果があるのか。
『階層ボスが討伐されました』
『ドロップ：ワーウルフの牙』
『ドロップ：ワーウルフの爪』
いつものシステム音がダンジョン内に響いた。
『あなたのレベルは18に上がりました』
一気にレベルが10も上がった。
続けて俺は、獲得したマジックポイントとスキルポイントを確認する。
レベルが10上がったことで得た両ポイントは５００ポイント。
（……間違いなく、効果が発揮されている）
経験値10倍。
レベルアップ時の獲得マジックポイント、スキルポイント10倍。
（……この力があれば……）
この世界を生き抜くことができる。
強力な力を持てた自覚と共に、俺は揺るぎない自信を得ることになったのだった。

「……三枝、大丈夫か？」

「え……あ、う、うん」

三枝はまだ動揺していた。

そして、目をパチパチさせた後……安堵《あんど》したように大きく息を吐いた。

「……また、助けられちゃったね」

「たまたま……だけどな。でも、約束を守れて良かった」

「約束……？」

「おまえが困ってたら、助けるって約束したろ？」

「ぁ……」

三枝は、泣きそうな顔でキュッと唇を嚙《か》み締めた。

「忘れてたのか？」

「……ううん、覚えてたよ」

泣き笑いを浮かべる三枝。

もしかしたら彼女は、俺の言葉を覚えてはいても、信じ切れていなかったのかもしれない。

俺は彼女の気持ちがわかってしまう。

イジメを受けたことで、人間不信になっているのだろう。

俺も同じだった。

だけど……それでも、胸のどこかには、人を信じてみたいという思いがあるのだ。

信じれば傷つくことになると、わかっていても……。

「ありがとう、宮真くん」

もしかしたら俺は、三枝に余計な希望を与えたのかもしれない。

人を……もう一度、誰かを信じてみたいと思わせてしまう、そんな希望を。

「感謝なんていらない。約束したからな」

俺は嘘《うそ》をつくことはあっても、約束は守る。

「それでも、本当にありがとう」

「……ああ。ところで三枝、おまえ……」

「うん？」

「その髪はどうした？」

「っ⁉」

三枝が、慌てて髪を押さえる。

長かった髪がバッサリと切られていたのだ。

「…………」

何も答えない。

聞いてほしくない。と表情が語っている。

だが想像が付いてしまう。

三枝はまた、ダンジョンに一人ぼっちだ。

クラス内でイジメにあっているとも聞いている。

それだけで……答えは出たも同然だ。

「……抵抗はしたのか？」

「え……？」

自分で何を言っているのだろうと思う。

でも、まるで過去の自分を見ているようで。

「やられっぱなしでいたんじゃないか？　ただ暴力に屈して、従わされて、だから一人でダンジョンに来たんだろ？」

「……っ……そ、そんなこと……」

「情けない自分がいやにならないのか？」

「宮真くん……どうして、そんなこと言うの？」

「いいから答えろ」

少し威圧的な態度を見せるだけで、三枝は震えあがった。

「……いやだよ。いやに決まってるよ！　情けないと思ってる、暴力に屈することしかできない自分が悔しいよ。だからあたし、変えようとしたんだもん！」

「だが、変わってない。このままじゃ一生、おまえはイジメられっ子のままだ」

「やっぱり……そうなんだ」

三枝の目がうつろに変わる。

希望などどこにもない。

「……だったらあたしは……どうすることもできないんだね。がんばって、努力しても、全部無駄なんだよね……」

「ああ。今のおまえのやり方じゃ、何も変わらない。だけど、それでも変わりたいとあがくのなら
──」

こんなこと、言うべきじゃないけれど。

「俺ならおまえを救ってやれる」

「……え？」

「三枝は、今の状況を変えたいか？」

「あ、あたしは……」

目を伏せる。

だが、それも一瞬で……。

「変えたい。変えたいよ……弱い自分はもういやだもん！」

三枝は感情を解き放った。

「暴力で従わされて、屈してしまう弱いあたしはいや！　イジメられて、泣いてばかりいるのもいや！　強くなりたい。変わりたい……あたし、イジメられて生きる毎日は、もういやだよ！」

それは心の底からの叫びだ。

「……なら、約束だ。俺はおまえを救う。だが状況は変わっても、子供のころに植え付けられた人

間の本質を変えることは容易じゃない。だけど、それでも変わりたいと願うなら――強くなりたいと願うなら、そう思い続けられる限り、強くなることを諦めるな」

「強くなることを……？」

「そうだ。誰の力でもなく。いつか、おまえ自身の力で変わるために。約束できるなら、俺は――今のおまえを取り巻く環境を変えてやる」

俺は手を差し出した。

これが三枝にとって、絶対的に正しいことなのかはわからない。

だが、もし彼女が自分の意志で俺の手を取るのなら――。

「……あたしは……変わりたい。変えたい。だから――」

三枝は俺の手を取った。

「あたしは――強くなってみせる！　弱い心に、負けないように！」

「なら――約束だ」

本当に何をやっているのか。

余計な重荷が一つ増えてしまった。

だが――こいつが、どう変わっていくのか、俺はそれを見届けてみたいと思ったんだ。

＊

少し遅れて、

「大翔くん！　大丈夫？」

勇希たちがやってきた。

「あれ……三枝さん⁉」

「九重《ここのえ》さん⁉」

見知った顔がいることに驚愕する二人。

「って、あれ？　髪……切ったの？」

「え、あ……う、うん。動き回るなら、短いほうがいいと思ったから」

三枝は硬い笑みを浮かべ、その場を取り繕った。

その態度に勇希は少し違和感を覚えたようだったが。

「三枝もパーティに合流してもらうが、みんなも構わないか？」

疑問が飛んでくる前に俺は話題を変えた。

「もちろんだよ！　三枝さんが一緒に行動してくれるなら心強い！」

「九重さん……あたし、できるだけがんばるから！」

まるで親友との再会を喜ぶように、二人は手を取り合った。

「それは構わないんだけどさぁ……ミャーたちにも紹介してよ」

「だな。何組の生徒なんだ？」

「ついでに、ヤマトとの関係も詳しく教えてね」

「……関係？　えっと……あたしと宮真くんは……友達、かな」

「友達……？」

そう言われたのが意外だったので、俺は思わず三枝に聞き返していた。

「あっ――ご、ごめん。いやだった、かな？」

「そうじゃないんだが……」

そうか、友達か。

三枝が俺をそう思っているのなら、否定する必要はないだろう。

だが……俺にとって彼女は、そういう感じではない気がする。

ならなんだ？　と、問われたら説明できないけれど。

「ふ〜ん、友達ね。まぁ、ボクとヤマトよりも深い関係じゃなさそうだから、安心かな」

「え……ふ、深い関係って……」

まるで牽制《けんせい》するようにニヤッと笑う此花。

このままだと、話がどんどんそれそうだ。

「三枝、とりあえず自己紹介してくれ」

「あ……そ、そうだよね。紹介が遅くなってごめん。あたしは――」

そして自己紹介を終え、俺たちは三枝を入れた六人パーティで探索を続けることになった。

＊

ダンジョンを進みつつ。

俺は三枝のマッピングスキルについて、パーティメンバーに説明した。

実際に探索を続けていくと、マップがどんどん埋まっていく。

この力があるだけで、ダンジョンを攻略する際の効率が段違いだ。

「へ〜すごい！　地図みたいになるんだ。これって、ミャーは覚えられるの？」

「どうなんだろう？　あたしは最初からスキル獲得画面に出ていたんだけど……」

「なら、ボクたちには獲得できないかもしれないね。便利なスキルなのにな」

マッピングはオリジナルスキルではない。

そのため、他にも使える生徒はいるのだろう。

が……クラスメイトの申告を信じるなら、獲得可能な生徒はいなかった。

このスキルの有無で、ダンジョン攻略に差が出るのは間違いないため……他のクラスにマッピングを所持する生徒がいるならば、１組は階層攻略に関してはかなり不利な状況になるだろう。

だからこそ、手を打たなければならない。

（……策はある。後はうまくいくかだが……）

まずは生きて戻らなくては話にならない。

今は探索に集中しよう。

「……この先、モンスターがいるぞ」

小さな気配を感じ、俺はパーティメンバーに警戒するよう伝える。

「気配察知も便利なスキルだよね」

「不意打ちを防げるのは大きいな」

そんな感想を口にしながら、勇希と瀬乃が武器を構えた。

他のメンバーも警戒しながら進んでいく。

だが、モンスターの姿は見当たらない。

「……いない……ね？」

「でも、ヤマトが気配を感じたってことは、何かいるってことでしょ？」

「もう移動してしまったんじゃないか？」

いや、それはない。

今もここに何かがいる。

その気配だけは続いている。

警戒を続けていると、

「――ひゃっ!?」

突然、三枝が変な声を上げた。

「ミャ!?　な、何かいたの!?」

驚きで桜咲が飛び跳ねるように後退する。

「わ、わかんない。でも、なんか頭にコンニャクみたいな、ペッタリ冷たいのが……。うわっ、ぬるってしてる……何これ……」

頭……？

言われて俺は三枝に向けていた視線をそのまま上げた。

すると、

「上だっ！」

天上にスライムがへばり付いていていた。

そして、俺たちが察知したことに気付くと——そのまま三枝の顔に向かって落下してきた。

「ひぃっ……」

「固まってないで避けろ！」

俺は三枝の腕を摑《つか》んで、思い切り引きよせた。

彼女の顔スレスレに落ちてきたスライムが、ベタンッ！　と地面に張り付いた。

「……な、なんだこれは!?」

「もしかして……スライム？」

不気味な見た目のモンスターを瀬乃が凝視していると、三枝がモンスターの名前を口にした。

「ミャーの知ってるスライムは顔もあるし、もっと可愛《かわい》いんだけどなぁ……」

桜咲が言うように、このスライムには顔などない。

無色透明。

体内には草や砂を取り込んでいるのが見えた。

「みんな、来るよ！」

勇希が声を上げる。

それに警戒したのだろう。

スライムがポン！　と勢い良く飛び跳ねて、三枝に突撃してきた。

「っ⁉」

硬直して動けない三枝。

１階層でボスモンスターに立ち向かった勇ましさはどこへやらだ。

（……仕方ない）

俺は三枝に突撃してきたスライムを右手で払う。

軽く撃ち落とそうとしただけだったのだが、地面にぶち当たると——ベチャン！　と、風船が弾《はじ》けるような音を立ててスライムが弾け飛んでしまった。

「あ、あれ……？」

もしかして、倒したのか？

だが、いくらなんでも脆《もろ》すぎないか？

油断させておいて、きっとここから再生してまた襲い掛かってくるとか？

『ドロップ：スライムグミ』

警戒している間にスライムの残骸は消滅してしまった。

「た、倒したみたいだな」

「もしかして……スライムって弱いの？」

瀬乃と桜咲の鍛冶屋コンビは戸惑った様子。

だが、俺自身も困惑していた。

オリジナルスキルの効果時間は既に終わっている。

これはモンスターが弱かったのか？

それとも――

（……レベルが18になったんだよな）

もしかして……2階層の適正レベルを遥かに超えているのか？

「とりあえず倒せたなら良かったんじゃない？」

「そうだよ！　全員無事なんだし！」

戸惑う二人に、此花と勇希が言った。

「……モンスターによって個体差があるのかもな」

余計な追及をされたくないので、俺も適当なことを口にした。

一瞬の出来事に驚愕していたパーティメンバーも、そこまで深く追及はしてこなかった。

ボスのような強敵がいるのなら雑魚《ざこ》もいる。

別に不自然なことではないだろう。

「とりあえず……探索を再開しようか！」

先に四人が進んでいく。

俺もその後に続こうとした。

そのとき、

「……あの、宮真くん……」

三枝が服の裾をつかんだ。

「ごめん。足、引っ張っちゃって」

「そんなふうには思ってないが、せめて逃げるくらいはしたほうがいいぞ」

「う、うん……あ、あの……」

「どうした？」

「……助けてくれて、ありがとう」

言って、彼女は俺に笑みを向けた。

「あのくらいなんでもないさ。それよりも、早く先に行こう」

「うん！」

すっかり立ち直ったのか、三枝はしっかりとした足取りで歩き始めた。

落ち込みやすいが、三枝は意外と度胸もある。

ボス戦のときもそうだが、ここ一番での行動力には驚かされるくらいだ。

1階層のように……また彼女に助けられることがあるのだろうか？

そんなことを思いながら、俺もパーティメンバーを追いかけた。

*

探索を進めながら、俺は周囲の気配を探る。

（……敵の気配が一気に弱まったな）

これはレベルが上がったことが関係しているのだろう。

やはり、2階層でなれるレベルの限界を超えているようだ。

通常のモンスターを倒しても、これ以上のレベルアップは望めなさそうだ。

（……それなら、勇希や三枝にレベルを上げてもらったほうが今後のためか）

元々の目的のひとつ――ボスモンスターの討伐は済ませた。

後は2階層を攻略するまでサポート役に徹しよう。

*

階層が上がるごとに、モンスターの数が増加すると担任は言っていた。

明言されたとおり、確かにモンスターとの遭遇率は増している。

三枝がパーティに加入してから、あのスライムとの戦闘を合わせて六度の戦闘があった。

俺がモンスターたちを引き付けている間に、他のメンバーが攻撃を加えて倒す。

それを繰り返しているうちに、パーティメンバーのレベルは全員4まで上がっていた。

既にかなりの時間探索をしていると思うが、まだマップは五分の一ほども埋まっていない。

今日中に3階層の扉を見つけるのは無理そうだ。

と、思いながら通路を進んだ先に大きなフロアがあった。

「みんな、見て！　扉があるよ！」

勇希の顔がぱっと明るくなった。

「す、すごい！　あたしたち、もう扉を見つけちゃったんだ！」

びっくりしつつも、三枝は嬉《うれ》しそうだ。

それは、１階層の苦労を知っているからこその反応だろう。

「じゃあ……ミャーたち、もう２階層を攻略しちゃったの？」

「……思っていたよりも順調だったな」

桜咲と瀬乃は、想定よりも楽な攻略ができたことで拍子抜けしているようだ。

「それはヤマトたちのサポートがあったからだよ」

此花の言うように、情報を持った者がいることで探索を優位に進められたのは間違いないだろう。

「大翔くん、このまま２階層を攻略する？」

「しない理由があるの？　ボクたち今なら一位通過だよね」

２階層を攻略したという放送はまだ入っていない。

つまり……他のクラスはまだここを見つけていない可能性が高いだろう。

それならもう少し俺たちも探索を続けて、アイテムを探したり、モンスターを討伐してレベルアップしておくのも手か？

だが、ここを離れれば他のクラスが先に階層攻略してしまう可能性もある。

誰かをこの場に残して探索を……いや、その提案をしても勇希は納得してくれないだろう。

彼女の性格を考えれば、全員で行動すべきだと言われそうだ。

そうなると……2階層を一位通過するほうがメリットは大きい。

ポイントを多く獲得しておけば、様々な点で優位に立てるのは間違いない。

今回は十分な結果を得られたのだから、これ以上は欲張るべきではないだろう。

「このまま2階層を攻略しよう」

「わかった」

勇希が扉に触れた。

『1組の生徒が3階層に繋《つな》がる扉を発見しました。よって1組は第2階層攻略完了となります』

すぐにシステム音が響き、俺たちは2階層を攻略した。

——ただ一人、2組の三枝をダンジョンに残したまま。

*

2階層を攻略した俺たちは、教室に転移《ワープ》していた。

「はぁ……無事に戻ってこれたね」

「ああ。他のパーティは……」

俺と勇希は室内を見回す。

「あ、あれ……戻ってきてる?」

「こっちはちょうど、モンスターを倒したところだぜ」

「レベルアップと同時に通知があったよね」

思っていたよりも穏やかなムード。

見た感じ、クラスメイト四十人――誰も欠けてはいないようだ。

しかも、

「みんな～！　おっめっでっと～～～～！」

担任《クマ》が教室にいた。

着ぐるみにもかかわらず、ニヤッと笑っている。

「まさか一位通過するとは思わなかったよ～。先生、本当にびっくり！　しかもしかも～、2階層に続きボス討伐のMVPを獲得しちゃうなんてね～」

ボス討伐――という言葉に、生徒たちからは驚きの声が漏れた。

一体、誰が？　などと憶測が飛び交う中、

「一位通過の報酬はなんとびっくり1000ポイントだよ！」

1000ポイント――その数字に、さらに教室内はざわめいた。

二位のときは半分の500ポイント。

一位と二位でこれほどまでに差があるのか。

「ちなみに～、三位は250、四位は100、五位は50。順位によるポイントの割り振りはこんな感じだよ。連続で五位とか取っちゃうと、本当に悲惨だからね～！」

50ポイントじゃ、日々の食事にすら困るレベルだ。

もし連続で最下位なんてことになれば、クラス内で奪い合いが起こるかもしれない。

それを想定して、担任は悲惨と口にしたのかもしれない。

「……さて、次はボス討伐のＭＶＰについてなんだけど……──これはそうだね。二人で話そうか──」

担任が俺を見た。

同時に室内のざわめきが消えていた。

（……なんだ？）

疑問に思ったのも束《つか》の間《ま》。

「キミ以外の時間を止めたんだよ～！　そのほうが都合がいいんでしょ？」

担任は俺の考えを読んだのか、そんなことを言った。

「あ、言っておくけどキミを特別扱いしてるんじゃないからね。これはボスを連続討伐した際の特典のおまけ。みんなに聞かれたら、本当に叶えたい願いを口にできないでしょ？」

「……そういうことか」

「だからクラスのみんなに気兼ねする必要はないよ！　担任として、キミのお願いを１組の生徒に伝えることはないから」

そんなに配慮するのなら、この世界に対する説明が欲しいくらいだ。

「……願いを言う前に質問がある。それは許可してもらえるか？」

「いいよ～。何かな？　何かな～？」

「元の世界に帰してくれ。という願いはありなのか？」

「あ〜やっぱりそれを聞くよね〜。でもでも〜〜〜ざんね〜〜〜ん‼　無理で〜す！　覚えているかはわからないけど、叶えられない願いはあるって言っておいたよね」

やはり無理か。

なら、

「……2組の生徒——三枝勇希を1組の生徒にしたい」

もうひとつの願いを口にした。

「へぇ〜……引き抜きってこと？　キミ、面白いことを考えるね」

担任は怪しく微笑む。

「できるのか？」

「原則として引き抜きも難しいなぁ〜。クラスの担任と相談しなくちゃならないからね」

「条件次第では可能なのか？」

「……う〜ん……ちょっと待ってね」

そう言って、着ぐるみは黙り込んだ。

何かを考えているのだろうか？

……それから少しして。

「ＯＫ。2階層で一位を取ったキミたちへのご褒美に情報開示が許可されたよ。実はね〜、生徒たちにはそれぞれ、活躍に応じて価格が決められているんだ」

「価格？」

「そう。だからもし、誰かを引き抜きたいなら価格に応じたポイントを払ってもらう必要があるの。移籍金みたいなものだね～！　ちなみに、支払ったポイントの半分は移籍する生徒のクラスに振り込まれるよ」

それは引き抜きを想定していたような口振りだった。

が、ポイントで引き抜けるならそれに越したことはない。

「三枝を引き抜くのには何ポイント必要だ？」

「ちなみに、どんな無能な生徒でも最低500ポイント必要になるよ」

1階層を二位通過した報酬がまるまる消える額だ……が、俺には個人ポイントが700ある。

さらに、

「今回のボス討伐の報酬は何ポイント入る？」

「今回も1階層と同じく1000ポイントだよ。ちなみに三枝勇希ちゃんの価格は～……2000ポイントだね」

「……あんた、本当にいい性格してるな」

俺の手持ちは今、1700ポイント。

もしクラスのためにポイントを譲渡していなければ、引き抜きは可能だった。

「これでもMVP特典での割引価格なんだから～！　ちなみに現時点で一番高いのはキミで15万ポイント」

「俺……？」

引き抜きはほぼ不可能なポイントだろう。

しかも15万!?

「そうだよ〜。で、二番目は10万ポイントで扇原子猫《おうぎはらこねこ》さんだね」

どういう基準で価格は設定されるだろうか？

しかも現時点ということは、価格は常に変動するということだよな？

「三枝さんは、能力自体は五クラスで最低なんだけど、マッピングスキル持ちでしょ？　だから価格設定が高いの！　５クラス合わせても、マッピングスキル持ちは彼女しかいないんだから！」

「は？」

全クラスで三枝だけ？

「マッピングはオリジナルスキルなのか？」

「違うよ」

「おい！　言ってることおかしいだろ！　固有技能でないなら、他の生徒だって使えるはずだろ？」

「……ワタシは嘘はついてないよ〜？　でも、これ以上は情報開示許可が出てないから答えられませ〜ん！」

こいつ、絶対にいやがらせしてるだろ？

どこまで言ってることが信用できるのか……。

「とにかく2000払えば許可してくれるんだな」

「うん。キミにそれができればね」

それは、クラスメイトを説得するなんておまえにはできないだろ？　と言われているようだった。

「……やってやるよ」

「へぇ～意外。自信ありそうだね～。ま、じゃあお手並み拝見とさせていただきましょう。もしダメでも別のお願いなら叶えてあげられるから、そのときはまた相談してくれていいよ～」

担任の言葉と同時に再び世界は動き出し、教室は一気に騒がしさを取り戻す。

クラスポイントから300出してもらわねばならない。

これは非常に骨が折れることかもしれないが……俺には十分な勝算があった。

＊

（……どのタイミングで切り出すべきか）

クラスメイトに、どう三枝のことを伝えるべきか。

流れを考えていると、

「みんな～！　聞いて聞いて～！　なんとここで、宮真くんから発表がありま～す！」

「なっ⁉」

担任の発言でクラスメイトたちが俺に顔を向けた。

（……このクソ熊）

まだ考えを整えている最中だというのに。

「さぁさぁ、早く早く～！　みんな気になってるぞ～！」

意地の悪い笑みを浮かべながら、担任は俺を挑発する。

本当にムカツク奴だ。

だが、いいだろう。

早いか遅いかの違いだ。

「……みんなに協力してもらいたいことがある」

「協力……？」

最初に質問を返したのは大弥だった。

「もちろん、僕にできることなら手伝わせてもらうつもりだよ。でも具体的にはどんな内容なんだい？」

「ああ、それを今から伝える。これにはクラス全員の協力が必要になる」

少なくとも、クラスの共通ポイントを使う以上は大多数の賛成を得なければならないだろう。

「クラス全員って……ヤマトは何か買いたい物でもあるの？」

「……物じゃない。が、ポイントが必要になる。俺は2組の三枝勇希という生徒を引き抜きたいと考えてる」

「は……？　引き抜き？」

「そんなことができるのか？」

普通はポイントで生徒を引き抜けるなどと考えないだろう。

だが、

「既に担任の確認は取った。ポイントで他クラスの生徒を引き抜くことが可能だそうだ」

「マジで……？」

「……ポイントを使えば誰でも引き抜けるってこと？」

「それってウチらも引き抜かれるかもしれないってこと？」

「ポイントで買えるものって購入画面にあるものだけじゃなかったんだ……」

次々に疑問を口にするクラスメイトたち。

「ポイントは想像以上に使い道は多いとは思う。だが、普通は引き抜きを恐れる心配はない。生徒を引き抜くには大量のポイントが必要になるからだ」

「……大量って、どれくらいだよ？」

「100ポイントくらい掛かるんじゃない？」

「あ～そんな掛かるなら、わざわざ他クラスの生徒を引き抜こうなんて思わないわな」

憶測で話が進む。

100ポイントで済むのなら、俺の個人ポイントだけで話が済んだんだがな。

「……必要になるのは300ポイントだ」

「「「「「はっ!?」」」」」

多くの生徒たちの声が重なった。

そして、マジで言ってんのか!? という表情に変わる。

300ポイントは大金だ。

名前も知らなかった生徒を引き抜くために、そんな大金を払う価値があるのか？

大半の生徒はそう思っているだろう。

「おいおい、マジで言ってんのかよ？」

「貴重なポイントだぞ！」

「ありえないっしょ？」

批判殺到。

これも予想どおりだ。

だからこそ、ここからは協力者が必要になる。

「今回、1組が一位通過できた。それは俺たちが3階層へ繋がる扉を見つけたからだ」

「っ……自分たちのおかげだから、好きにポイントを使わせろってことか？」

「違う。俺たちが一位通過できたのは、2組の三枝のおかげなんだ」

「え……どういう意味？」

批判的なムードの中、興味を持ってくれた生徒もいた。

「俺と同じパーティだった九重や此花、瀬乃に桜咲はわかるだろ？」

「うん。三枝さんのマッピングスキルのおかげだった」

「ボクらは身をもって体験したから、あの力がどれだけ有効的かわかるよ」

有効的――その言葉がきっかけとなり、多くの生徒が三枝の持つマッピングスキルに興味を持つ。

続けて俺はマッピングの効果について説明した。

「……通った道が記録されるのか」

「つまりダンジョンの中で迷わなくなると……？」

「それってすげぇ便利なスキルじゃん！」

ダンジョンを探索した者なら理解せざるを得ないだろう。

通った道が記録されマップとして使える。

それがどれだけ有効的なスキルか。

「しかも、このマッピングスキルは5クラスの中で三枝だけが持っているスキルらしいぞ。これだけで彼女の価値がわかるよな？」

「宮真くんがそれがいいってんなら、オレも間違いねぇとは思うけどよ。そいつにそんな価値があるのかはわかんねぇよ？」

野島、頼むから少し頭を使え。

内心そう思いつつも、俺が口を開こうとすると。

「……マッピングを持つ三枝さんがいるクラスは、ダンジョンを一位通過できる可能性が高い。そういうことだよね」

俺の代わりに答えたのは大弥だった。

「ああ。確実に一位になれるとは言えない。だが、上位で通過できる可能性は間違いなく高くなる」

クラスメイト一人一人の顔を見回し、念を押して三枝の有用性を伝える。

「安定して上位を取れるなら、３００ポイントなんて安いんじゃない？」

「だよな。だったらいいんじゃないか？」

賛成意見が大多数。

予想どおりだ。

これで三枝の引き抜きは決まったも同然――そう思っていたのだが、

「待ってくれないか。僕は完全には賛成できない」

「……私も大弥くんと同意見」

ことはそううまくは運ばなかった。

よりにもよって大弥と、そして勇希が引き抜きに反対してきたのだ。

もしかしたら……という程度に想定していた。

少し面倒なことになったが、勇希と大弥の性格を考えれば反対の理由は想像がつく。

「質問をさせてもらってもいいかな？　三枝さんが１組の生徒になることを、２組の生徒たちは納得しているのかい？」

やはりそのことか。

「納得どころか、2組は引き抜きというシステムすら理解してないだろうな」

「……だとしたらそれは、1組と2組の関係を悪化させることに繋がらない？」

「僕も同じことを考えてた。三枝さんを引き抜けば、2組と協力していくことが難しくなるんじゃないかな？」

「……その危惧も理解できる。2組が何も言わずに納得するかと言えば、それは難しいかもしれない。担任――先生に質問があるんだが……」

ひとつ、確認するのを忘れていた。

「何かな～？」

「引き抜きを行う場合、どのクラスに引き抜かれたかは公表されるのか？」

「されるよ～。引き抜きに使用するポイントの半分は、引き抜かれたクラスのポイントになるからね。どのクラスに引き抜かれて、いくつポイントが入ったのか、そのクラスの担任がしっかりと伝えるよ～」

そうなると、俺たちが引き抜いたのはバレバレになるわけだ。

「なら僕は引き抜きには賛成できない」

「大翔くんの気持ちはわからなくはないよ。でも、私もみんなで協力していけばいいと思うんだ。それに、2組と協力できるなら三枝さんの力も借りられるんじゃないかな？」

クラスの中心人物である二人の発言は、クラス全体に大きな影響を与えていく。

雲行きは徐々に悪くなっていった。

「あ〜そっか。引き抜きなんてしなくても、協力できればいいんだよな」

「クラス間で協力できれば、三枝さんの力も借りられるもんね！」

「なら引き抜きするメリットなんて、ほとんどないじゃん」

先程まで引き抜きに賛成していた生徒も、すっかり思考を誘導させられていた。

勇希たちの考えには一理ある。

だが、引き抜きするメリットは間違いなくある。

「反対の生徒がいるみたいだけどさ。ボクはやっぱり賛成だな。少し考えればわかることだけど、あんな広いダンジョンの中で都合良く三枝さんに出会えると思う？」

此花が席を立ち自分の意見を口にした。

「オレも宮真くんに賛成だ！　宮真くんがやるってんだから間違いがあるはずねえ！」

続けて野島が発言する。

ありがたいが、もう少し説得力のあることを言ってほしいものだ。

「賛成か反対かは個人的な意見も入るだろうが、此花の言ったことは事実だ。ダンジョンで他クラスと遭遇できる可能性は低い。階層が進むごとに広くなっていく可能性を考えれば、より出会いにくくなるだろうな」

「言われてみればそうだよね。そもそも、協力するにしても他クラスの生徒に会えないんじゃ意味がないんだ……」

「……そうなると、やはり三枝さんを引き抜くべきなんじゃないか？」

半々とはならないが、此花の発言で引き抜きに肯定的な生徒も増えた。

一応、ここで反対意見に追い打ちを掛けておくべきだろう。

「俺は引き抜きのデメリットは少ないと考えているんだ。間違いなく2組と争いが起こることはない確信がある」

「……確信？　どうしてそう言い切れるんだい？」

三枝勇希は2組でイジメを受けているから。

排除されかけている生徒がクラスからいなくなって、怒りを向ける生徒などいない。

さらにポイントまで支給されるのだから、喜ぶ生徒のほうが多いだろう。

だが、三枝がイジメにあっていたことはなるべく伝えたくはない。

（……誰だって、イジメを受けていたなんて知られたくないだろうからな）

俺自身もイジメを受けた経験があるからこそ、あいつの気持ちがわかるのだ。

イジメにあうこと——惨めで鬱屈とした感情が渦巻いて、自分という人間が最低な存在に思えてくる。

カーストの最下層。

人間的地位の崩壊——いや、人間であることすら否定されるような、イジメという行為は人間を壊すのだ。

もちろん、三枝の気持ちをすべて理解しているとは言わないが、俺がいやだと思うことはきっとあいつだっていやだろう。

だから、このことは伝えない。

あいつが1組のクラスメイトとして、少しでも生きやすくするためにも。

(……仮に、これを説得材料として使うのなら最終手段だ)

俺は最初からそう決めていた。

だから、ここにいる全員を俺は騙《だま》し通さなくてはならない。

「三位通過の2組に支給されたポイントは250。ギリギリ生活はできるが余裕はないだろ？　そこで引き抜きによって、クラスメイト一人と引き換えにポイントが入ったらどう考える？　怒りを向ける生徒よりも、安堵……いや喜ぶ生徒すらいるだろうな」

「……あ〜……最低な話だと思うけど、こんな状況じゃ自分が助かることを一番に考えちゃうもんな」

「確かに目先の利益に飛びついちゃうかも……」

それっぽい理屈を伝えることで、うまく思考を誘導していく。

現状、1000ポイント以上保有する俺たち1組ですら余裕はない。

だからこそ、2組はもっと辛《つら》い状況にあるのだ。

「……確かにそのとおりかもしれないけど、三枝さんと仲がいい生徒だっているだろ？」

「こんな状況の中、知り合って数日でそれほど親しい生徒ができると思うか？」

「それは……」

普通の学園生活を送っているわけじゃないんだ。

猜疑心《さいぎしん》に塗《まみ》れ誰も信じることができずに生活している生徒だっているだろう。

「それともうひとつ。2組の生徒は三枝のマッピングスキルについて知らない。だから三枝が引き抜かれても、一生徒がいなくなったという程度の認識しかもたないだろうな」

「……え？　そうなの？」

「だったらいいんじゃない？」

「それでポイントが貰《もら》えるなら、もめるより感謝されそうじゃね？」

再び肯定的な意見が聞こえた。

こいつらは完全に思考停止しているのだろうか？

発言の真偽を確かめようとしないのは、間抜けとしか言えない。

「引き抜きの代わりに、おれらが2組に恵んでやるわけだもんな」

「うちら、いいことしてるじゃん！」

「困ってる人たちを、助けてあげたってことだもんね」

まるで自分たちが他のクラスよりも上にいる。

そう考えているような発言が次々に飛び出してきた。

今回の一位通過で大量のポイントを獲得したことで、自分たちがすごいと錯覚しているのだろう。

（……笑えるな）

協力と口にしておきながら、既に対等であるとは考えていないのだ。

「う～ん、やっぱり引き抜きもありなんじゃね？」

「だよねだよね！　わたしもそう思うな～」

徐々に引き抜きに賛成する声が増えていく。

まだ反対してる生徒もいるが。

「大弥、それに勇希も……三枝の引き抜きに賛成してくれないか？」

二人が賛成すれば、反対の生徒たちも頷かざるを得ないだろう。

「……私はやっぱり反対。結果の話じゃなくて順序が違うと思う。引き抜きをするなら、2組のみんなに説明をして納得をしてもらわないと」

勇希らしい正論だ。

本来ならそうすべきだろう。

「……1組に来ること。これは三枝自身が望んでいることだ。勇希は三枝が一人で探索していたのを見ているよな？」

「あ……そういえば、1階層でも2階層でも2組の生徒とは一緒にいなかったよね？」

「三枝が探索に出ようとしたとき、2組の生徒たちは誰一人賛同しなかったそうだ」

「え……？」

嘘だ。が……勇希と大弥を納得させるには、都合のいい嘘が必要になる。

だがそこには事実を混ぜておく。

「3階層でも三枝は一人で探索に出るだろうな。でも、階層が上がればモンスターも強くなっていく。その状況であいつは、次も生き抜けると思うか？　うまく誰かと合流できればいいが、ダンジョンは広く難解になっていくんだぞ？」

今回、三枝を引き抜けなければ……彼女が次に生きていられる保証はない。

2組に残れば、きっと三枝はまた一人でダンジョンの探索を強制されるのだから。

「頼む。——この引き抜きは、三枝を助けるためでもあるんだ」

俺はクラスメイトたちに頭を下げた。

本心と嘘が入り交じる。

だが、俺はあいつを助けると約束した。

いや助けたいと思っている。

この気持ちは、間違いなく本物だ。

これでダメなら……いや、間違いなくこれで状況は動く。

そう信じて、俺は二人の言葉を待った。

「……なるほど。宮真くんが三枝さんを引き抜くことにこだわったのには、そんな理由があったんだね。だとしたら、僕も三枝さんのことは放ってはおけない」

「そういう事情なら、私は引き抜きには賛成だよ！　2組のみんなは驚くと思うけど、事情を説明して理解してもらうしかないよね」

こうして、クラスのリーダーである二人からも賛同を得ることに成功した。

「助かる！」

柄にもなく、二人には本気の感謝をしてしまう。

ここからはとんとん拍子で。

「人命救助も兼ねてってことだもんね。なら、ボクたちは全面的に正しいじゃん」

「おう！　流石《さすが》は宮真くんだ！　引き抜きはすべきだろ！」

「1組にもメリットはあるし、人助けできるならいいんじゃね？」

「うちもそう思う！　てかしない理由なくない？」

もう反対する生徒はいない。

満場一致で、三枝勇希の引き抜きが決定したのだった。

「え～と……じゃあ、最終確認。三枝さんの引き抜きには、クラス全員賛成でいいんだよね～？」

「はい。僕たちは宮真くんの提案に賛成し、クラスポイントを300払います」

クラスを代表して、大弥が担任に答えた。

正確には俺の持つ個人ポイント1700と合わせて、合計2000ポイント。

これで俺は素寒貧だが、三枝を救えるのなら安いものだろう。

「よ～し！　じゃあポイントを貰うよ～。みんな、ポイントトレードのやり方は知ってる？」

「……ポイントはトレードできるんですか？」

「できるよ～。クラスや個人でポイントの受け渡しは可能。やり方は簡単、アイテムトレードの画面を開いて渡すポイントを入力するだけ！」

担任が説明した。

俺はアイテムトレード画面を出す。

そして、担任を対象に選択して１７００ポイントと入力した。

（……うん？　待てよ？）

俺が１７００ポイント。

そしてクラスで３００ポイントを払うのはいいが、

「先生、３００ポイントと入力しました。これを送ればいいのでしょうか？」

「い、い、くれるなら、ちょうだ〜い」

引っかかる物言いだ。

もし俺の推測が正しいのなら。

「──大弥、少し待ってほしい」

「どうしたんだい？」

不思議そうな顔をする大弥には答えず、俺は担任に目を向けた。

「あんたに質問がある」

「むっ、あんたじゃなくて先生！　もしくは美々《びび》ちゃんでもＯＫだよ〜！　あ、先生の名前忘れてないよね？　春日《かすが》美々ちゃんだぞ〜？」

完全に忘れていたが、今はそんなことどうでもいい。

「こういった生徒の引き抜きに渡すポイントは、全額まとめて渡す必要があるのか？」

「……はぁ〜気付いちゃったかぁ」

気付いた……この言葉の意味を理解しているのは、この場で俺だけだろう。

何せクラスメイトたちは、三枚の引き抜きは300ポイントで可能だと思っているのだから。

「聞かれたからには答えるね。分割や一部だけ渡すというのは不可」

「それはつまり、俺がポイント数を誤ったとすると渡し損になるということですか？」

「多く渡せば先生は返せないし～、少なかったとしたら全ポイント払い直しだよ！」

軽いノリでとんでもないことを言ってやがる。

「詐欺師かよ」

「むぅ……ひどいなぁ～。聞かれたからこうしてルールを教えてあげたでしょ？　先生はイジワルしてるんじゃないからね。これでもみんなの味方なんだから！　でも、ルールには従わなくちゃいけないのだ！」

だったらそのルールを最初から教えろ。

言ったところで教えるつもりはないだろうけど。

いや……もしかしたら、教えられない理由があるのだろうか？

情報開示の許可……とか、こいつが言っていたことがあったもんな。

担任の上にいる存在——黒幕がいる可能性は高そうだ。

「大弥、俺に一度300ポイントを渡してもらってもいいか？　入力に間違いがないか確認してから、担任に渡すというのはどうだ？」

「わかった。万一ミスがあるかもしれないから、それがいいね」

まず、俺が大弥から300ポイントを受け取った。

すると個人ポイントとして加算され、手元にあるポイントが2000となった。

どうやら個人にクラスポイントを譲渡すると、個人ポイントに変更されるようだ。

「先生、送るぞ」

「は～い。ポイントに間違いはないよ。ちゃ～んと受け取りました～」

最後に面倒があったが、これで引き抜きの条件を達成した。

「後は先生に任せていいのか？」

「うん。今から三枝勇希さんを1組に転移させま～す！」

その発言の直後――。

「え……？」

教壇に立つ担任の隣に三枝が現れた。

目をパチパチさせて室内を見回す。

「あ、あれ……？　ここって……？　宮真くん……がいる」

「ポイントを使っておまえを引き抜いたんだ」

「引き、抜き……？」

意味がわからない。

そんな顔をしていたけれど。

「これからおまえは1組の生徒ってことだ。ここには2組の連中は一人もいない」

おまえをイジメていた奴はここにはいない。

それを伝えるための言葉。

「……あたしが１組の……宮真くんと同じクラスに……」

三枝はまだ唖然としていた。

「あたし……ここにいていいの？」

「当たり前だろ」

おびえたように口にする三枝に対して、俺は即答した。

「大翔くんだけじゃなくて、私ともよろしくね！」

そんな勇希の言葉を皮切りに、

「後で自己紹介してほしいな」

「よろしくね！　三枝さん！」

「なんだかすごいスキル持ってるんでしょ！　一緒にがんばろうね！」

三枝は１組の生徒たちに温かく迎え入れられた。

「……あ、えと……あたし、あれ……」

三枝の目から涙が零《こぼ》れる。

生徒たちはそんな三枝に戸惑っている。

俺にはこの涙の意味はわからない。

嬉しいのか、ほっとしたのか。

それともまた別の感情があるのか。

「ご、ごめんなさい！　ちょっとだけびっくりしちゃった」

ごしごしと目を擦って、

「宮真くんや九重さんから聞いているかもしれないけど、あたしは三枝勇希です！　皆さん、これからよろしくお願いします！」

三枝は眩《まぶ》しい笑顔と共にまっすぐ俺を見つめる。

その笑顔は俺に『ありがとう』と語っているかのようだった。

俺は三枝に『逃げ道』という救いを用意した。

彼女の過去を知る者はここにはいない。

自分を変えたいと言っていた三枝が、本当になりたい自分になれるか。

後は本人の努力次第だが……できることならその結果を見届けたい。

それまで俺が生き延びることができれば……だが。

「は～い、それじゃあ引き抜き完了だね～！　三枝さんの席は先生がサービスしておくねん！」

担任が指をパチンとならす。

すると、俺の後ろに一つ席が追加されていた。

「三枝さんの席は宮真くんの後ろね～。さてさて……思ったよりも時間を取られちゃったから、質問がないようなら先生はドロンさせてもらうよ～」

誰も声を出す生徒はいない。

「それじゃあ、バイバ～イ！　みんなが生きてたら、また会おうね～！」

不気味に笑いながら、担任――春日美々は音もなく消えた。

静寂の後……三枝は嬉しそうに俺に駆け寄ってきた。

「宮真くん……！」

はしゃぐように俺の名前を呼ばないでほしい。

他の生徒から注目を浴びてしまう……が、ここで無視するのは不自然か。

「三枝、改めてになるが――同じクラスの【仲間】として、これからよろしくな」

俺は手を差し出す。普段はこんなことはしないのだけど……今だけは特別だ。

「――うん！」

力強く頷いて、彼女は俺の手を取った。

なぜだか再び、三枝は涙目になる。

その泣き笑いは不思議と俺の記憶に残るもので――。

（……あれ？）

違和感を覚えた。それは多分、気のせいだと思うけれど。

クラスメイトになった少女の泣き笑いを見つめながら、俺は昔――この笑顔をどこかで見たことがあるような……そんな気がしたんだ。

エピローグ　状況と分析

この【世界】――と、現段階では形容しておくが、5クラスは同時にダンジョンの攻略を命じられている。その中で、1年1組は【比較的順調】にダンジョンを攻略していた。

当然、比較の対象は1組以外の四つのクラスだ。

現時点で2階層を攻略しているクラスは1組のみ。

さらにボスを連続で討伐した実績もあり、ここまでは担任の期待以上の活躍をしている。

有力な生徒はオリジナルスキル保持者となった【宮《みや》真《ま》大翔《やまと》】【此花《このはな》彩花《さいか》】。

クラスのリーダーとして高い資質を発揮している【九《ここの》重《え》勇希《ゆうき》】【大《おお》弥《や》秀《しゅう》】。

そして、2組から引き抜かれた【三枝《さえぐさ》勇希《ゆうき》】の五人だろう。

この他にも1組は特化したタイプが多く爆発力に期待できる。

が……最大の欠点は精神的に問題を抱えている生徒が多いことだろう。

大きな可能性を秘めているのは間違いないが、その真価が発揮される前に破滅する……と、担任たちからは分析されていた。

内部から瓦解する可能性が最も高いのはこのクラスだろう。

＊

続いて1年5組。現時点での有力な生徒は【扇原子猫《おうぎはらこねこ》】【遠峯修吾《とおみねしゅうご》】の二名だ。

が、彼らを除いたとしてもポテンシャルの高い生徒が揃《そろ》っている。

個々人の資質的な話を抜きに考えても、扇原が持つ【オリジナルスキル】の効果を考えれば、総合能力は他クラスを圧倒しているだろう。

何より扇原の求心力――人の心を摑《つか》む手腕は、持って生まれた人間性という才能と言えるだろう。

彼女の存在があることで、5組は内部から瓦解する可能性が低い。

担任たちは5クラスの中では、最も100階層に到達する確率が高いと推測している。

敢《あ》えて問題点を上げるとすれば、1年1組の【宮真大翔】との間にトラブルも発生しており、それが今後どう影響してくるかが不明瞭な点だ。

また他クラスと比較した場合、正しいことを行おうとする生徒が多いため、それが弱点となる恐れはあるだろう。

＊

そして1年3組。最下位は免れたものの、1階層では彼らはブービー。

既に2階層の攻略を始めているものの、今のところは100階層攻略の期待は薄い。

このクラスは5クラスの中で最も平均的な生徒が揃えられている。

突出した生徒はいないが、安定した結果を残せると判断されていた。

が……今のところは振るっていない。

今後の成長に期待……と言ったところだが、今のところ最初に脱落する可能性が高いのは、このクラスだと推測される。

＊

そして次は1階層最下位の1年4組。

1階層では最下位となり——ある罰則が与えられている。

また、5クラスの中で彼らは唯一、2階層の攻略を始められていない。

結果だけ見れば、最もハズレのクラスと言えるのだが……4組の担任は大きな期待を持っていた。

このクラスには有力な生徒がいる。

その生徒はオリジナルスキルを所持しているのだが……今も獲得条件は満たせていない。

しかし、これから化ける可能性は十分にある。

死が迫ることにより人の本質が見える。

そして——極限に達したとき、人は本性を表す。

そのとき、4組の100階層到達率は大きく上がることになるだろう。

＊

そして最後——三枝勇希が所属していた1年2組だ。

2組に集められた生徒の特徴は強者と弱者だ。

五つのクラスで、最も顕著にヒエラルキーが形成されると言えるだろう。

事実、弱者と見なされた三枝はたった一人でダンジョンの攻略を強いられた。

いや——攻略ではなく……それは死刑宣告に近かったのかもしれない。

しかし、結果的にそれは2組の1階層三位通過に繋《つな》がった。

三枝と【ある生徒】を除いた三十八名は、いまだに一度もダンジョンを探索していない。

結果だけを見れば運が味方しているようなクラスなのだが、ある変化が生まれようとしていた。

「テメェらに報告があるんだぜっ！　うちのクラスの三枝勇希が1組に引き抜かれたんだぜ」

2組の担任——橘《たちばな》楽々《らら》によってクラスの生徒に放送が入った。

それは少なからず2組に動揺を与えた。

もちろん、クラスメイトが引き抜かれたことを悲しんでいるのではない。

ポイントの有用性、可能性に驚きを感じたのだ。

そんな中でただ一人——三枝《おもちゃ》を失ったことに失望している者もいた。

（……あのクソ女が……引き抜かれた⁉）

心をかき乱している少女の名は——柊《ひいらぎ》友愛《ゆあ》。

彼女は小学生のころから三枝勇希を知る生徒であり、イジメの首謀者でもあった。

執着心が強く攻撃的。

気に入らないものはありとあらゆる手段を講じて叩《たた》き潰す。

だが決定的なダメージは与えず、少しずつ痛みを与え楽しむ——正真正銘のサディスト。

その異常性はわざわざ三枝の志望校を探り、同じ高校に入学してくる時点でたやすく想像にできるだろう。

（……こんなことなら、もっとイタぶって教育しておくんだった。アタシに心から屈服してると思ってたのに……あ～クソクソクソクソクソクソクソ！　もっとあいつで遊びたかったのに！　アタシに無断でいなくなりやがって！　引き抜きやがったのは誰だ？　クソ担任はなんて言ってた？）

柊の心は怒りに満たされていく。

（……そうだ。１組——１組だ。引き抜きをしてもらうまでの過程はわからないけど——いや、あんな能無しのクソ女にできることなんて、男に身体《からだ》を売るくらいだ。ビッチが！　クソビッチがっ！　中学時代に援交《ウリ》しろって命令しても拒みやがったクセによぉっ！　そんなにアタシから逃げたかったのかあいつは！　クソがっ、見つけ出して必ず再教育してやる）

異常者の憎しみは１組と三枝勇希に向けられ——これは戦禍の火種となっていく。

だが生まれた問題は一つではない。

＊

ほんの偶然が重なり1組に興味を持つ生徒がいた。

（……ポイントによる引き抜きとはな）

その生徒の名は――羅刹《らせつ》修《しゅう》。

彼も大翔と同様にポイントの可能性や有用法をいくつか想定していた。

だが自分以外にそれを実行する生徒がいるのは、羅刹にとっては想定外だった。

引き抜きは他クラスとの関係を悪化させる可能性が高い。

人間は奪い合う者だと羅刹は考えている。

が、相手のものを奪うのであれば――それなりのリスクは伴う。

この引き抜きを指示したのは恐ろしいほどに好戦的な人間か――もしくは、この世界で生き抜くために必要な手を機械のように打てる者か。

何にせよ、引き抜きを指示した生徒に彼は興味を持った。

（……少しはオレを楽しませてくれるか？）

羅刹は好戦的な人間だ。

競争――いや戦いを好んでいる。

だが羅刹の闘争本能を満たせる相手は、これまで存在しなかった。

彼は生まれながらにして奪う側の人間だったのだ。

その特殊な環境のためか彼は常日頃から退屈していた。

担任という異常な存在を前にしても、彼は恐怖すら感じることはなかった。

それよりも興味を持ったのはこの状況だ。

まるで隔離された巨大施設――さらにはモンスターの存在。

楽しめそうだと羅刹は期待した。

だが、元の世界も、この世界も――彼にとっては何も変わらなかった。

単身でダンジョンに入り、モンスターと殺し合ってみた。

だが――それは彼を満たすことはなかった。

刺激的な体験であり、命を奪うことで一瞬だけ満たされた感覚もあるが……それだけだ。

戦いが終われば心が渇く。奪い合いは永遠には続かない。

だったら、より楽しめそうな相手を求めるしかないと羅刹は考えた。

その結果、

(……次は担任を潰そうと思ってたんだが)

そう考えながらも、羅刹はまるで期待していなかった。

教室で担任と対峙《たいじ》した際、せめて恐怖でも与えてくれたのなら、彼にはひとつの救いになったろう。

しかし、そんなむなしい相手でもモンスターよりはマシのはず。

そう思っていたところに――引き抜きの放送が流れた。

それは羅刹が【他クラス】に興味を持つことに繋がり、選択肢を一つ増やすことになったのだ。

(……担任を狙うか、1組を狙うか)

相手はどちらでも構わない。

だから彼は、その決定をゲームで決めることにした。

2階層を攻略するまでに殺したモンスターの数が【奇数なら担任】を、【偶数なら生徒】を対象にした殺し合いゲームを開始する。

「じゃあ——やるか」

そう言って、狂気に塗《まみ》れた笑みを浮かべる羅刹。

ゲームを始めた途端、彼にとって退屈な世界がほんの少しだけ明るくなった気がした。

＊

「てな感じが〜、今のところ分析と情報かな〜！」

春日美々《かすがびび》はレポートの提出を済ませた。

それはこの世界の【黒幕】に対してではない。

担任と名乗る彼女たちのリーダー——【学年主任】に対してだ。

「……まだ2階層とはいえ、脱落者がいないのは素晴らしいですね」

渡されたレポートを確認しながら、椅子に座っている【少女】が返事をする。

「ふふ〜ん、ウチのクラスはもう3階層に到達しちゃったけどね〜」

「……そうでしたね」

小さく頷《うなず》く。

その表情に影が落ちる。

「……ねえ、美々ちゃん。今度こそ私たちは――勝つことができるでしょうか？　変えることができるでしょうか？」

「さ〜ね〜！　でもでも〜楽しいことが起こればいいなぁ。起こればいいなぁ！」

「……そう、ですね」

美々の言葉を聞きながら、少女は悲しそうに笑った。

＊

【今回】の生徒は可能性という意味では面白く、１００階層への到達者が現れるかもしれない。

最後に勝利するのは誰なのか。

いや、そもそも勝利者など存在するのか？

様々な思惑が入り乱れながらも――世界の絶望は加速していく。

「――また無駄なことをしてる。どうせまた、みんな死ぬのにな」

声が聞こえた。

それは誰のものだったかはわからない。

でも、その悲しく冷たい口振りは――未来の結果を見通しているかのようだった。

スフレ

栃木県出身。アニメ制作会社の制作進行を経て、現在はフリーのシナリオライターとして活躍中。読み手と書き手が集まる場所がWEB上にあるということに衝撃をおぼえ、2015年8月より「小説家になろう」へ作品の投稿をはじめる。2016年2月、『職業無職の俺が冒険者を目指すワケ。』(カドカワBOOKS)でデビュー。ほかの著作に『おっさん、聖剣を抜く。 1 〜スローライフからそして伝説へ〜』『魔王に育てられた勇者の息子の俺が、お姫様の専属騎士に任命されました。』(ともにアース・スターノベル)がある。

レジェンドノベルス
LEGEND NOVELS

ダンジョン・スクール
デスゲーム 1

2018年11月5日 第1刷発行

[著者] スフレ
[装画] 米山《よねやま》 舞《まい》
[装幀] 徳重 甫(ベイブリッジ・スタジオ)

[発行者] 渡瀬昌彦
[発行所] 株式会社講談社
〒112-8001 東京都文京区音羽2-12-21
電話 [出版]03-5395-3433
[販売]03-5395-5817
[業務]03-5395-3615

[本文データ制作] 講談社デジタル製作
[印刷所] 凸版印刷株式会社
[製本所] 株式会社若林製本工場

N.D.C.913 302p 20cm ISBN 978-4-06-513572-3

レジェンドノベルス
LEGEND NOVELS